네바 강가에서 우리는

박지음 소설집

네바 강가에서
우리는

박지음 소설집

아시아

차례

네바 강가에서 우리는

폭염이 기승을 부리던 여름, 나는 러시아 상트페테르부르크의 네바 강가에 있었다. 도스토옙스키의 소설 『죄와 벌』의 배경이 된 곳이었다. 정확히는 네바강 옆이 아니라 강이 흘러든 수로의 다리였다. K 다리.

— 7월 초, 지독히도 무더운 때의 어느 저녁 무렵, 한 청년이 S 골목의 셋집에 있는 자신의 조그만 하숙방에서 거리로 나와, 왠지 망설이는 듯한 모습으로 느릿느릿 K 다리 쪽으로 발걸음을 떼었다.

K 다리 난간에 기대선 가이드가 땡볕을 손으로 가리며 스마트폰 속 소설을 읽었다.

— 자, 이제 문학기행이 시작되었습니다. 우리는 이 다리를 건너서 노파의 집으로 갑니다. 도끼는 잘 숨기셨나요? 가슴이 두근거리지 않습니까?

러시아문학을 전공했다는 가이드의 재치에 다들 웃음을 터트리며 일제히 스마트폰을 눌렀다. 나는 K 다리와 수로, 건물을 찍었다. 셀카봉이 바람에 흔들리는 나뭇가지처럼 일렁거렸다. 나는 귀에 꽂힌 이어폰의 볼륨을 올렸다. 가이드의 설명이 이어졌다. 가이드는 라스콜니코프가 돼보자고 했다. 살인을 하러 가는 굶주리고 가난한 대학생이 되어 긴장한 채 주저하면서 걸어보자고. 그의 걸음처럼 망설이며 평소에는 보지도 않았던 공원을 둘러보고 다른 사람들의 말까지 엿들으며 살인을 하러 가자고. 그의 마음이 되어보자고.

가이드의 말이 끝나자 일행의 눈빛이 일순 묘하게 빛났다. 각자 죽이고 싶은 사람이 있는 것처럼. 나는 김 선생의 얼굴을 떠올렸다. 그때 일행의 끝에 선 그녀의 눈이 나를 향해 있는 것을 보았다. 그녀의 가느다란 눈이 나한테 머물렀다가 지나가자 등골이 서늘했다. 고개를 들어보니 건물이 만들어놓은 그늘에 서 있었다. 착각이었다.

일행은 서른 명 가까이 되었고, 일행에 둘러싸인 가이드는 선두에서 걸었다. 이어폰 속 가이드의 목소리는 칙칙거리는 소음에 끊어졌다가 이어졌다가를 반복했다. 고딕식 건축물이 수로를 따라 길게 이어져 있었다. 신호를 기다리며 일행이 멈추었다. 나는 길가 벽에 박혀 있는 코를 찍었다. 내 옆에 서 있던 가이드가 고골의 소설 「코」에서 가출한 코가 돌아다니던 길이라고 설명해주었다. 나는 러시아의 대문호들이 쓴 소설 속에 들어와 있었다. 끊어지는 설명에도 불구하고 기분은 나쁘지 않았다. 잘 다져진 바닥의 돌도, 냄새나는 수로의 물까지도 내가 상상하던 러시아의 공간이었다. 예상보다 높은 경비를 감안해도 러시아문학 전공자 가이드와 전공 교수진까지 함께하는 여행은 만족스러웠다. 단 한 가지 거슬리는 게 있다면, 그녀였다. 나와 한 조로 묶여 같이 밥을 먹고 잠을 자야 하는 그녀.

어제 공항에서 행사 담당자가 조를 짜주었다. 담당자가 호명을 할 때, 이름이 같은 사람이 두 명 있다는 것을 알게 되었다. 나는 그 자리에 있는 여자가 나와 한 조인 줄 알고 다가갔다. 담당자가 나와 같은 조인 여자는 조금 늦는다고 알려주었다. 나는 한 조로 잘 묶인 다른 팀들을 둘러봤다.

괜찮다. 친구를 만들자고 이 여행에 온 건 아니다.

러시아에서 누군가를 만나고자 했다면 그건 대문호들이었다. 지극히 교과서적인 대답인 줄 안다. 톨스토이나 도스토옙스키가 살아서 나를 기다리는 것도 아니고, 그들을 만나러 간다니. 이 말도 안 되는 핑곗거리를 진지한 계획으로 만들어준 것은 한 문화재단이었다. 이름을 대면 다 아는 대형서점과 여행사의 합작 기획이었다. 나는 선착순으로 어렵게 자리를 차지했다는 말을 남편에게 했다. 마치 공짜여행에 당첨된 것처럼. 문학기행 경비는 단순한 여행 경비보다 비쌌다. 러시아문학 전공 교수와 문화재단 직원, 대형서점 직원들과 함께였기 때문이었다. 마음을 다해서 나는 그들보다 톨스토이와 도스토옙스키를 만나 묻고 싶었다.

도스토옙스키 씨, 이 거지 같은 문학을 계속해야 할까요?

혼자서 탑승 게이트까지 걸어가자 의자에 앉은 그녀가 보였다. 담당 직원이 그녀와 나를 인사시켰다. 그녀는 브라운 단발머리에 분홍색 남방을 입은 젊은 여자였다. 동그란 얼굴에 야무진 두 눈이 나를 훑으며 지나갔다. 입매만 웃으면서—아니, 전혀 웃지 않으면서 — 머리끝부터 발끝까지 분석하는 눈이었다. 집에서 남편한테만 예쁘다는 소리를 듣는 나로서는 부담스러운 시선이었다. 나는 그녀에게 다가가야 할까 말까 망설이는 내 마음을 꽉 붙잡고 몇 칸 떨어진 자리에 앉았다. 그녀는 기내 반입용 가방을 손에 꽉 쥐고, 나라는 인간은 벌써 관심 밖으로 밀어내버린 듯 손에 쥔 휴대폰에 코를 박고 있었다. 우리를 소개한 직원이 눈치를 보더니 멀어졌다. 나는 그녀에게 관심을 두지 않기 위해 최선을 다하며 그녀의 머리 꼭대기나 신발 끝을 흘끔거렸다.

저게, 지금 나를 아줌마라고 무시하나?

속에서 점심 먹은 게 올라오는지 거북했다. 앞으로 지낼 날들이 그려지면서 그냥 싱글차지를 신청할걸 그랬나, 후회도 하면서 그녀와 보낼 밤을 막연히 기다렸다.

근데, 너는 나를 싫어하는 거니, 무관심한 거니.

비행기를 타고 가는 내내 그녀의 자리에 찾아가 묻고 싶었다. 나는 그녀에게 가 있는 신경을 접고 책을 펼쳤다. 『죄와 벌』 하권을 읽기 시작했다.

그녀와 나는 한 조였지만 함께 걷지 않았다. 노파의 집을 찾아가느라 공원을 지나고 상트페테르부르크의 거리를 걸었다. 나는 나란히 걷는 사람한테 말을 걸었다. S대학교 러시아문학 전공 교수였다. 내가 뭐라고 지껄이는지 모르고 아무거나 물었다. 교수는 성의껏 대답해주며 상트페테르부르크에 관해서 설명했다. 신경이 떠 있어서 말이 귀에 와닿지 않았다. 일행은 비행기에서 내리자마자 기행을 시작한 터라 지쳐 있었다. 그녀는 맨 뒤에서 건물 벽을 찍으며 걸어왔다. 그녀가 내 옆을 스치고 지나가자 나는 셀카봉을 대고 그녀와 나를 찍었다. 그녀가 나를 표정 없이 바라봤다. 사진을 찍힌 후 그녀는 나와 한 조처럼 걸어 노파의 집에 이르렀다. 지린내와 뭔가 썩는 냄새가 진동했다. 대문과 벽이 새까맣게 낡은 아파트였다.

— 이곳이 노파의 집입니다. 사람들이 살고 있는 아파트라 냄새가 납니다. 『죄와 벌』 속 거리와 노파의 집을 정확히 계산한 것은 미국의 한 작가입니다. 그전까지는 이 거리와 이 집이 『죄와 벌』의 배경이라는 생각을 하지 못했답니다. 저기에 있는 문이 보이시죠? 라스콜니코프는 페인트공들이 일하는 모습을 보고, 들키지 않고 나갈 수 있는 걸음의 숫자와 건물의 그늘까지 계산했습니다. 도스토옙스키의 대단한 묘사 아닐까요? 이제 도스토옙스키가 죽기 전까지 살았던 집으로 가겠습니다. 도끼는 잘 숨기셨죠?

가이드의 설명이 이어졌다. 노파의 집은 낡고 형편없어서 나는 그곳의 사진을 찍으며 힘이 빠졌다. 그녀는 아파트 마당으로 발을 들이지 않고 건물 외벽에 붙어 있는 뭔가를 한참 들여다봤다. 노파의 집을 벗어나 거리를 걷자 고딕 양식으로 지어진 석조 건물이 이어졌다. 노란색 벽에 화려한 조각 장식이 붙어 있었다. 소설 속 공간을 보러 온 여행에서, 그녀는 뭘 하고 있나 의문이 들었다.

도스토옙스키가 마지막에 살았던 집은 박물관이 돼 있었다. 러시아법상 현지 가이드가 함께 다녀야 했다. 노년의 여자 가이드는 열정적으로 설명했지만 나는 한 마디도 알아들을 수 없었다. 한국 가이드가 통역했다. 도스토옙스키는 늘 가난에 시달렸다. 한 집에서 3년을 넘게 산 적이 없다고 했다. 시베리아 형무소에 다녀온 후 쓴 『죄와 벌』은 그를 대작가로 만들어줬다. 시베리아에서 만난 아내는 『죄와 벌』 속 소녀처럼 성녀 같은 여자였다. 가난에 쫓기면서 도스토옙스키가 만들어놓은 세상은, 이제 이 도시의 상징이었다. 나는 소설을 쓰면서 만들어놓은 내 작은 세상을 상기했고, 그것을 단숨에 흔들어버린 김 선생을 떠올렸다. 도스토옙스키의 서재 안에서. 마음속 도끼를 꺼내 들며.

한 해 전, 나는 김 선생의 아카데미에 다녔다. 김 선생은 뒤풀이 자리에서 나한테 소리를 질렀다. 미친 듯이 화를 내며, 자신의 아카데미에서 퇴출시키겠다고 했다. 그날 밤 김 선생이 왜 화를 냈는지는 돌이켜봐도 이해할 수 없다. 나는 일 년 동안 다닌 아카데미를 나왔다. 올해 초 나는 창작지원금을 받기 위해 신청서를 제출했다. 얼마 후 지원금 대상자로 선정되었다며 몇 가지를 확인하는 전화가 걸려왔다. 그러나 최종 명단에 내 이름은 없었다. 알고 보니 최종 심사자 중 한 사람이 김 선생이었다. 그는 내가 쓴 소재에 대해 식상하다는 평을 해놓았다. 내가 제출한 소설은 김 선생의 아카데미를 다닐 때 플롯을 짜고 시놉시스를 썼던 것이었다. 김 선생은 그 내용을 다 아는 사람이었고, 내가 누군지도 잘 알았다. 떠도는 소문으로만 들었던 그의 심사 기준에 대해서 생각하게 되었다. 그는 신문사가 주관한 문학상 심사에서 자신의 아카데미 학생을 뽑았다. 다른 지원금 심사에서는 아끼는 제자를 선정했다고 했다. 그때는 김 선생을 존경했기에 믿지 않았다. 그러나 처지가 바뀌자 의문이 들었다. 심사도 권력일까.

그가 앞으로 나를 막는다면, 나는 소설을 계속 써나갈 수 있을까.

그와 같은 소설가들이 새로운 작가를 선발하고, 등단한 작가들을 평가한다면, 한번 밉보인 나는 과연 제대로 된 평가를 받을 수 있을까.

나는 도스토옙스키의 동상을 넋 놓고 보고 있었다. 그녀가 귀에 블루투스 이어폰을 꽂았다. 작게 새어 나오는 소리를 들어보니 나도 잘 아는 노래였다. '내 피 땀 눈물… 다 가져가…….' 나는 내 문학의 바이블 속 성인인 도스토옙스키의 동상과 그녀를 번갈아 봤다. 이 여자는 BTS 콘서트나 갈 일이지 여기는 왜 왔을까. 그녀가 내 눈을 보더니, 느닷없이 휴대폰으로 나와 도스토옙스키를 찍었다.

　문학기행 팀과 나는 호텔에 도착했다. 그녀와 나의 첫날 밤이었다. 그녀는 짐을 풀어놓고 '피 땀 눈물'을 부르며 왔다 갔다 했다. 민망함을 견디는 것 같았는데, 그건 나도 마찬가지라 씻고 일찍 잠들 작정이었다. 적대감을 품은 낯설고 커다란 덩어리가 움직이고 있으니, 무심한 척 눈을 감는 게 코를 막는 것처럼 숨이 막혔다.

　그녀는 지나가듯 내게 몇 살이냐고 물었다. 화장품 브랜드를 이야기하기에 나도 내가 쓰는 브랜드를 이야기했다. 그녀는 화장품과 세안 제품들을 화장실과 방에 늘어놓고 다녔다. 나는 침대에 누워 있다가 답답해 죽을 것 같아 벌떡 일어났다. 그녀는 담배를 들고 밖으로 뛰어나갔다. 내가 이렇게까지 낯선 사람과 친해지지 못하는 여자였나?

　남은 날들을 달력에서 세보며 한숨을 쉬었다. 그녀가 없을 때 화장실에 가서 방귀를 뀌고 몸을 씻었다. 거울 속 나를 봤다. 나는 무명 소설가였다. 내 글이 제대로 된 평가를 받지 못하는 것은, 늘 내문장이 부족해서라는 자책을 했다. 김 선생의 심사는 문학에 환멸을 느끼게 했다. 나는 한국으로 돌아가면 소설 쓰기를 그만두고 보통 사람으로 살아보자고 마음먹었다. 내가 그 세계를 버리고 싶었다. 버린다고 사라지는 세계가 아니라서 내가 버려지는 기분이었다. 억울했다. 그 순간 호텔 방문이 열리는 소리가 났다. 그녀였다. 나는 옷을 걸치고 욕실 밖으로 나왔다. 그녀가 이불을 뒤집어쓰고 누워 있었다. 나는 욕실에서 버리겠다고 마음먹었던 그 세계의 부대낌을 놓아버렸다. 당장 막막한 것은 소설 없는 내 삶이 아니었다. 한국에 돌아갈 때까지 견뎌야 하는 낯설고 데데한 그녀였다. 나는 이런저런 고민과 뒤척임으로 잠을 설쳤다. 아침에 그녀는 보이지 않았다. 나는 입맛이 썼지만 식당에 내려갔다. 여행사 직원과 문화재단 직원들이 걱정하는 눈빛으로 나를 봤다. 나는 그들에게 말하고 싶었다.

제발, 댁들 관심 좀 끄지. 사회성 떨어지는 왕따 보듯이 동정하는 눈으로 보지 말고.

그러나 그게 또 그 사람들 일이었다. 직원들은 혼자 다니는 내 뒤꽁무니를 종일 따라다녔다. 문학에 결별을 고해야 하는 이 시점에, 직원들의 관심까지 받아내야 한다니.

나는 동정보다는 무관심을 택하는 쪽이라 직원들에게서 벗어나기 위해 다른 사람들과 친해지기로 마음먹었다. 그녀를 제외하고 내 또래가 둘 있었다. 둘 다 나보다 다섯 살은 어려 보였다. 한 명은 모자를 눌러쓰고 세상 누구에게도 관심 없는 표정으로 관광을 했다. 다른 한 명은 반짝이는 외모로 모든 이들에게 친절했다. 여름궁전에 갔을 때 나는 두 여자에게 사진을 같이 찍자고 말했다. 러시아 황제가 여름에 와서 묵었다는 궁전에는 크고 작은 분수가 있었다. 정해진 시간에 대형 분수가 솟았다. 분수에서 쏟아진 물은 수로를 통해 바다까지 흘러가는 것처럼 보였다. 수로 옆으로 난 길을 셋이 헤매며 걷다 보니 대화를 주고받게 되었다. 나는 할 말이 없을 때마다 크게 웃어서 민망함을 덜어내려 했다.

그녀들은 글 쓰는 분야에 관심을 가진 축은 아니었다. 직장에 다니는 싱글여성들이었다. 트렌드에 맞게 구석구석 해외여행을 다니다가 좀더 품격 있고 서사가 있으며 지적인 여행을 원하게 되었다. 그녀들은 대형서점에서 정기적으로 책을 구매하는 VIP들이기도 했다. 그곳에서 하는 각종 교양 강좌를 들으러 다녔다. 러시아의 문학과 문화에 대해서 S대 교수의 설명을 듣길 원했다. 그녀들이 일반 여행보다 비싼 이 여행을 택한 이유였다. 그녀들은 소설 쓰는 나에 비해 충분한 연봉을 받고 있었다. 그녀들의 휴가는 소중했다.

그녀들과 나는 여름궁전에서 웃을 거리를 찾아다녔다. 나는 눈앞의 관계를 정리하느라 소설 쓰기를 놓을까 잡을까 갈등하던 것을 잊어버렸다. 나와 한 조인 그녀는 카메라로 사진을 찍으며 돌아다녔다. 이상하게 문화재단 직원들과 여행사 직원들이 그녀를 따로 챙기지 않았다. 그녀 얼굴에 야무지게 차 있던 자신감 때문인 듯했다. 나는 내 얼굴에 드러났을, 버려진 아이 같은 표정을 직원들에게 들킨 것이 못내 억울했다. 인파가 몰리면서 문화재단 직원들은 사람들 속에 섞여 보이지 않았다. 두 여자와 나는 서로를 놓칠세라 꼭 붙어 다녔다. 혼자 다니던 그녀 모습도 인파에 묻혀 찾을 수 없었다. 여름궁전에서 수로를 따라 바닷가까지 가서야 씁쓸한 결론에 이르렀다. 나는 글을 쓰기에는 부족한 인간이었다. 그것을 간파한 사람이 김 선생이었을 것이다.

수로 끝에서 셋이 기념사진을 찍으려고 셀카봉을 들었다. 카메라 안에 바글거리는 사람들이 들어 있어서, 나는 헤엄치듯 숨이 찼다. 카메라 프레임 오른쪽 끝에 그녀의 모습이 콩알만 하게 잡혔다. 그녀는 목을 두 손으로 잡고 숨을 몰아쉬다가 주저앉았다. 인파가 그녀의 모습을 가려버렸다. 나는 카메라를 내리고 뒤를 돌아보았다. 다른 두 여자도 그녀를 봤는지 눈으로 찾기 시작했다. 내가 그녀를 다시 찾은 곳은 버스 안이었다. 그녀는 두 눈을 질끈 감고 잠들어 있었다. 머리카락이 땀에 푹 젖어 있었다.

다음 날 새벽에 그녀가 침대에서 비명을 질렀다.

— 쥐가…….

쥐? 나는 자다 깨 침침한 눈을 다 뜨지 못하고 그녀의 다리를 주물렀다.

— 너 때문이야!

그녀가 소리쳤다.

— 너는 나를 또 왕따시키잖아. 이 나쁜 년.

나는 낮에 그녀들과 몰려 다니던 것을 떠올렸다.

— 미안해.

나는 그녀가 잠잠해질 때까지 다리를 주무르다가 그녀가 조용해진 다음에야 다시 잠들었다.

— 야옹. 야옹.

잠결에 쥐를 잡으려고 고양이 소리를 냈다.

아침에 눈을 떴을 때, 그녀가 말했다.

— 잠결에 너한테 나쁜 년이라고 한 거, 너 아니야. 다른 여자랑 착각했었어.

그녀와 나는 무의식중에 말을 놓고 있었다. 내가 그녀의 다리를 주무른 것은 아이들을 돌보아 무의식적으로 몸에 밴 일종의 오지랖이었다. 그녀와 가까워질 기회를 노렸거나, 좋은 사람이라는 평가를 받기 위해서 한 행동이 아니었다. 아줌마와 오지랖은 뗄 수 없는 관계인 것 같다. 긴 일정에 당이 떨어질까봐 후식 접시의 초콜릿을 무의식적으로 주머니에 넣거나 그녀가 또 토할까봐 비닐봉지를 백에 넣고, 주머니에서 녹은 초콜릿을 지친 그녀에게 내미는 행동. 오지랖은 습관적인 배려로 상대를 아이처럼 길들여버리는 힘이 있었다.

그날 그녀와 나는 같이 아침 식사를 했다. 오전에는 혁명가와 예술가들이 비밀리에 모였었다는 건물 지하에 가서 강의를 들었다. 점심을 먹는 레스토랑에서 S대 교수는 현지 친구에게 선물받은 수제 보드카를 내놓았다. 한 병의 보드카를 서른 명이 나눠 마시는 것이라 한 모금씩 돌아갔다. 안주는 으깬 감자와 빵, 가지런히 썬 오이가 담긴 샐러드였다. 나는 보드카를 마셨다. 그녀도 마셨다. 나는 그녀에게 향하던 적대감을 내려놓았다. 식사 후 푸시킨 거리를 산책하라고 가이드가 말했다. 그녀와 나는 친한 사이처럼 팔짱을 끼고 깔깔 웃으면서 돌아다녔다. 내 속에 묶어놨던 많은 것들이 풀렸다. 우리 옆에는 여름궁전에서 친해졌던 두 여자도 함께 있었다. 나와 방을 쓰는 그녀는 h였고, 공항에서 미팅 때 들었던 것처럼 두 여자 중 한 명의 이름도 h였다. 다른 한 명의 이름은 s였다. 우리는 h1과 h2로 부르기로 하고 거리를 쏘다녔다. h1과 나는 심하게 취한 여자들처럼 깔깔거렸다. 그녀들과 팔짱을 끼니 상트페테르부르크를, 러시아를 다 가진 기분이었다. 넷이 걷다가 러시아 인형들과 기념품을 파는 가게로 들어갔다.

마트료시카 인형이 보였다. 나는 허세를 부리느라 저걸로 하나 사야겠다고 제법 정교한 것을 골랐다. 러시아 환율을 따져 계산했더니 우리 돈으로 500만 원이었다. h1은 나보다 더 허세를 떠느라 저걸 꼭 사다가 집에 장식으로 놓아야겠다고 말했다. 나는 내가 졌다고 인정하고 좀더 저렴한 마트료시카 인형을 열었다. 안에 또 다른 마트료시카 인형이 들어 있었다. 또 하나를 열었다. 계속해서 크기가 다른 마트료시카 인형이 나왔다. 나란히 세워놓으니 그녀들과 나 같았다.

— 이게 큰 애가 작은 애를 책임질 일은 없을 것 같아.

h1이 말했다.

— 요즘은 작은 애가 큰 애를 바꿔놓지 않나?

내가 덧붙였다.

— 언니들이랑 같이 있으니까 세상 다 가진 거 같고 좋네요.

h2가 말했다.

— 우리 나이 많다고 언니 하지 말고, 언니 노릇 잘하고 잘 챙기면 어려도 언니라고 부르자. 그러니까 나보다는 다 언니야.

h1이 말했다. 나는 h1의 얼굴을 며칠 만에 자세히 바라봤다. 나와 같은 나이지만, 깨어 있고, 타성에 젖지 않았으며, 커리어를 잘 닦은 여성이었다. 그런데 처음부터 친절했던 h2와 s와는 다르게 왜 나를 싫어했을까. 다시 의문이 들었지만 보드카가 올라와 흥이 솟았다.

— 쓰바씨바.

내가 불쑥 크게 소리쳤다. 가게 주인이 웃었다. h1은 창피하니까 이 여자 좀 데려가자며 나를 끌어냈다. 마트료시카 인형은 저렴한 걸 하나 사서 한 개씩 나눠 가졌다. 그녀들과 나는 일행을 따라 네바 강가를 걸었다. S대 교수가 푸시킨의 시를 읊어주었다. 바다 건너에 보이는 것이 핀란드라고 h1이 말했다. 핀란드까지는 배로 200킬로미터만 가면 된다고 했다. 나는 핀란드, 핀란드 하니까 자일리톨껌이 씹고 싶다고 말하고 깔깔 웃었다. 표트르 대제가 유럽을 건너다보며 말을 타고 서 있는 청동상이 보였다. 나는 h1에게 얻은 마트료시카 인형을 손에 쥐고 유럽의 창을 보았다. 내 옆에서 h1과 h2와 s가 나란히 서서 바다 건너를 넘어다봤다. 낯선 곳에서 서로를 알아보고 조심스럽게 의지하기 시작하는 마음이 느껴졌다. 이 마음에 기대 나를 가로막는 벽을 이야기하고 싶었다. 내 벽을 뚫을 도끼를 이 여자들에게서 얻은 것처럼.

그날 저녁에는 h2와 s가 우리 방으로 놀러 왔다. 우리는 네 개의 인형을 늘어놓았다. 친화력이 좋은 h2는 방을 같이 쓰며 친해진 문화재단 직원을 데려왔다. h1은 자신이 가지고 있던 마트료시카 인형에서 하나를 더 꺼내 직원에게 주었다.

나를 제외한 네 사람은 모두 직장인 여성이었다. h1이 하는 일은 공간디자인이었다. h1은 자신이 지은 경기장과 갤러리, 테마파크를 휴대폰으로 보여주었다. 불 켜진 경기장은 인천공항을 위에서 내려다본 것처럼 크고 화려했다. 넷 다 환호성을 내질렀다.

— 존나 크지?

h1이 말했다. h1의 거친 말투가 현장에서 다져진 것이라는 생각이 들었다. h1은 공간의 아름다움에 대해서 간략하게 말하지 않고, 아주 길게 한 시간가량을 이야기했다. h1은 최근 중국에 지은 키즈파크의 메인 테마에 관해서도 이야기했다. 나는 h1이 자기 일에 대한 사랑과 자부심이 넘치며, 잘해내기 위해 열정을 쏟고 있음을 알게 되었다. h1이 가이드의 설명을 듣지 않고 혼자 떠돌았던 것은, 상트페테르부르크라는 공간을 카메라에 담아가기 위해서였다. h1은 일을 사랑했기에, 여행이 힐링이 아니고 일의 연장이었다. h1은 그러는 것이 스트레스가 되거나 힘든 것이 아니라, 재미있고 멋진 일이라고 했다. h1의 말에 반쯤 홀려 다른 사람의 소개는 한참 미루어졌다. h1은 대화로 하루를 보낼 수 있는 사람이었다. 그녀의 말을

듣고 있으면 다 설득이 되었다. 내가 이 여행에서 h1을 알게 된 것은 행운이었다. h1이 말할 때는 주변에 다른 사람들이 사라졌다. h1만 보였다.

h2는 대기업에서 일했다. h2가 속한 곳은 반도체를 생산하는 곳이었다.

— 우리가 생각하는 그 기업이야?

h1이 물었다.

— 맞아요, 언니.

h2의 대답에 나는 두 여자 앞에서 조금 위축되는 기분이었다. s는 중소 리서치 회사의 팀장이었다. s는 미국이나 유럽, 인도로 출장을 다녔다. 인도 상류층 가정에 가장 필요한 전자제품을 조사해서 대기업에 보고서를 제출했다. 그러면 대기업에서는 그 물건을 만들어 인도 시장에 마케팅을 했다. 각 나라의 선호도를 미리 파악하는 게 s의 일이었다. 나는 5개 국어를 하지. 영어, 다음은 불어, 다음은 중국어, 그다음은 일본어. s가 중얼거리자 h1이 자신은 중국에 2년간 있었지만 아직도 중국어가 서툴다고 했다.

— 방탄이 뉴욕에서 유엔 연설할 때 내가 출장 가서 같은 하늘 아래 숨 쉬고 있었잖아.

s가 말하자 h1이 처음 듣는 괴성을 질렀다.

— 아미구나!

h1과 s는 좋아하는 가수가 방탄소년단인 걸 알고 나서 하나가 되

었다. 일본에서 하는 콘서트를 이야기하며 아미의 팬심을 드러냈다. 방탄의 노래를 휴대폰으로 틀어놓고 h1이 어깨춤을 추기 시작했다. 내 피 땀 눈물.

저건 나한테만 불친절했지.

나는 지난 3일간 h1의 모습을 떠올리고 입을 내밀었다.

h1이 나를 싫어했던 이유를 길게 이야기했다. 요약하자면 1년 전 h1의 회사에 입사한 유부녀가 나와 닮았다는 것이었다. 그녀는 결혼 후 아이를 낳고 온 경력단절 여성이었다. 그녀는 회사의 위아래 직원들을 모두 포섭했다. 수단과 방법을 가리지 않고 자신의 편으로 만든 다음, h1을 몰아내기에 이르렀다. 일의 결과물로 자신을 증명하는 h1에게 아무 일도 주지 않았다.

— 너 처음 봤을 때 그 여자가 온 줄 알았어.

나는 머릿속에 떠오른 말을 그대로 되뇌었다.

— 라스콜니코프의 도끼로 죽이고 싶었던 게 나구나?

h1은 어버버, 말을 더듬었다.

— 괜찮아, 나도 그 순간 도끼가 필요했거든.

나는 볼이 붉어진 h1을 향해 말했다. h1이 나를 싫어했던 이유가 이해되었다. 그러면서도 나는 출산으로 경력이 끊겼던 여자가 다시 자리 잡기 위해 고군분투했을 시간이 그려졌다. 그 여자의 시간과 노력도 같은 유부녀로서 공감이 되었다. 나는 h1의 상처를 전적으로 이해하지는 못한 것이다. h1에게 일은 '피 땀 눈물'이라고 했다.

옆에 앉은 h2와 s도 비슷한 연배로 결혼과 출산보다는 일을 선택한 여성들이었다. 그녀들은 참아온 불만을 토로했다.

— 나라에서는 결혼한 여자들을 위한 정책만 만들어. 혼자 사는 게 죄는 아니잖아.

s의 말에 h2는 격하게 공감하며 덧붙였다.

— 아기 돌봐야 한다고 일찍 퇴근하거나 휴가를 내면, 나머지 일은 다 혼자 사는 여자들이 하게 돼. 아기를 낳지 않은 여자들은 무조건 시간이 남아돌고, 일 외에 다른 것은 하지 않아도 되는 것처럼.

근데 이 여자들은 왜 내가 뭘 하는 사람인지 묻질 않을까.

— 앞으로 오 년 후가 되면, 우리는 모두 퇴직해야 할 나이야. 그러고 나면 갈 곳이 없어. 그 후에 뭘 하면서 살아야 하는지 막막해. 그 생각을 하면 두렵기도 해.

s가 말했다. h2가 말을 받았다.

— 자식도 남편도 없는 우리가 말이야. 게다가 부모를 케어하는 일은 혼자인 내 몫이 돼. 아들은 결혼해서 아내와 아이가 있으니까 자기 가정 돌보기도 바쁘다고.

나는 불편한 공감을 견디다가 내 속에서 일어나는 반발심을 되뇌었다.

— 오 년 후는 너무 짧게 잡은 거 아니야?

내 물음에 다들 고개를 저었다. 아이를 둘 낳아놓고 찾아간 문학 아카데미에서 나는 번번이 무시당하는 기분이었다. 그것은 작품을 평가할 때나 뒤풀이 자리에서나 마찬가지였다. 마치 아줌마 무시 아이템을 획득한 사람들처럼. 30대 전후의 직장인들과 함께할 때는, 어쩐지 그들에게 주 무대를 내주고 뒤에 서야 하는 마이너가 된 듯했다. 나는 주부처럼 보이지 않으려고 애썼다. 육아나 집안 이야기를 하지 않았고, 옷차림에 신경을 썼다. 대화는 소설 이야기에 초점을 맞췄다. 이 여자들과 나란히 앉은 방 안에서도 나는 외따로 취급받는 기분이었다. 나는 내 안의 위태로운 목소리로 외쳤다.

— 퇴직 후의 시간에 대해서는 가정이 있는 남자나 여자도 고민하게 돼. 그 시간은 나에게도 두려운 거야. 나는 오 년 후가 아니라 지금이 더 힘들어.

— 너는 남편이 든든해서 좋겠어. 이렇게 여행도 다니고. 잘 살고 있는 거야.

h1이 나를 향해 말했다. 역시 서로를 백 프로 이해하는 건 어려운 일이었다. 나는 표정을 감추느라 대꾸하지 않았다. 왜 묻질 않지? 내가 뭐 하는 사람인지 물으면 대답할까 말까 어젯밤부터 고민했는데. h1은 중국에 키즈파크를 만들던 과정을 털어놓았다.

— 회의실에 마흔 명의 중국 남자들과 열 명의 한국 남자들이 있었어. 여자는 나 혼자였어. 시끄럽게 떠들고 결론을 낸 다음 나한테 통보했어. 그러면 나는 정리해서 본사에 보냈고. 본사에서 그 유부녀가 말도 안 되는 도안을 보냈어. 이사는 무조건 우리 쪽 단가와 의견을 강요했어. 내가 일을 제대로 못해서 진행이 안 된다고 회사에

서 난리였어. 중국인들은 회의실에서 나한테 화를 냈어. 나는 말이 통하지 않아서 제대로 대꾸하지 못했어. 한국 남자들은 내가 여자라 일 처리가 서툴다고 자기들끼리 수군거렸어. 하루도 울지 않고 잠든 날이 없어. 프로젝트가 끝나고 한국에 돌아왔더니 내 편도 내 자리도 없었어. 모두 그 여자의 것이 돼 있었어. 나는 매일 밤 그 회의실에 앉아 있는 악몽을 꿔.

나는 여름궁전에서 봤던 h1의 모습을 떠올렸다. h1도 나처럼 현실의 벽 앞에 서 있다가 견디지 못해 네바 강가까지 온 것이다.

김 선생과의 일이 있고 나서 나는, 글 쓰는 내가 버틸 수 있게 단지 착각이길 바랐다. 김 선생을 존경했던 마음이 상하지 않게 오해였으면 좋겠다고 생각했다. 내가 열망하는 이 세계가 아름답게 지켜지길. 그러나 시간이 지나도 마음으로는 받아들여지지 않았다. 무명인 내가 싸워볼 수 없어서 비겁하게 합리화하는 것으로 여겨졌다. 나는 마음속 부침에 시달리면서 속이 텅 비어버렸다.

내 글을 세상에 내놓고 세상을 조금씩 바꿔간다는 꿈이 환상처럼 여겨졌다. 이 여자들처럼 건물을 짓고, 마케팅에 필요한 시장조사를 하고, 컴퓨터 안에 들어갈 반도체를 만들어내는 일이 생산적이지 않을까. 내 피, 땀, 눈물은 인정이나 보상을 받을 수 있을까.

— 그래서, 나는 계속 질문하게 돼.

h1이 말했다. 다른 사람 말을 들으면서 생각에 빠지는 버릇이 있는 나는 h1의 말이 내 속에서 튀어나온 줄 알았다.

— 나는 이 일을 계속할 수 있을까.

h1의 질문에 h2와 s와 문화재단 직원까지 고개를 끄덕였다. s가 말했다.

— 직장에서 늘 같은 질문에 부딪힐 때가 많아. 더 올라가보면 결국 몇 개의 자리가 남잖아. 거기까지 가서 남는 건 대부분 가정을 가진 남성들이야.

— 결국 자리를 지키기 위해서는 남자를 넘고 올라가야 하네?

나는 김 선생을 떠올리며 말했다.

— h1의 경우에는 넘어야 할 벽이 여자니까, 우리를 막는 모든 것이라고 해두자.

s가 말했다.

— 이 사회가 아직 여자들한테 우호적이지 않아.

h1이 말했다. h1은 결혼을 택하지 않고 일만 하면서 임원까지 올라갔던 지인의 이야기를 했다. 남자와 여자 둘이 남았을 때, 회사에서는 여자를 잘라냈다. 출장이 잦았던 여자가 매번 비즈니스석을 탄 것과 좋은 호텔에서 숙박한 것이 회사에 누를 끼쳤다는 것이었다. 마지막 단계에서 평가 기준이 된 것은 일의 성취를 따져본 것이 아니라 그 여자의 흠을 찾아낸 것이었다.

나는 바닥에 나란히 놓인 다섯 개의 마트료시카 인형을 봤다. 큰 인형에서 나와 점점 작아지고 있지만, 같은 모양이었다.

— 그래, 우리는 미투 세대야. 이십 대 여자들만의 문제가 아니라는

거지. 비혼을 선택한 우리 세대도 뭔가를 넘어서야 살아남지 않을까.

내 말에 다들 바닥에 놓인 마트료시카 인형을 바라봤다. h1이 말했다.

— 우리 엄마가 좀 알아줬으면 좋겠어. 우린 자기들과 다른 마흔이라는 걸. 우린 엄마 세대의 마흔처럼 모든 것을 다 짊어지고 희생할 수 없어. 철이 안 든 게 아니라 세대가 다른 거야. 우린 좀더 젊은 마흔이야.

그녀들이 돌아간 다음, h1과 나는 몰래 숙소를 빠져나왔다. 우리는 마켓에서 산 보드카를 한 모금씩 홀짝이며 걸었다. 우리는 수로를 따라 걷다가 네바강에 이르렀다. 네바강이 보이자 h1과 나는 뛰었다. 그 끝에서 우리는 마주 보며 웃음을 터트렸다.

— 너 되게 꼰대 같은 면이 있어. 아니, 존나 꼰대야.

h1이 쌕쌕 숨을 몰아쉬며 말했다.

— 넌, 뭐가 문제인 거야? 이혼했니?

나는 고개를 저었다.

— 너는 내가 뭐 하는 사람인지 안 궁금해? 왜 한 번도 안 물어봐?

h1이 네바강을 향해 외쳤다.

— 꼰대야, 너! 글 쓰는 사람인 거 티 다 나.

나는 은근히 기분이 풀려서 네바강에 대고 외쳤다.

— 왜 자꾸 꼰대래? 문학 하면 꼰대냐?

h1이 손으로 입에 나팔을 만들어 외쳤다.

— 내가 BTS 콘서트 이야기할 때, 네 눈 있잖아. 나 보는 눈. 꼭 우리 엄마 눈 같아. '이 철딱서니 없는 것. 시집도 못 간 게 직장에서도 잘리고, 나이는 마흔이나 먹어서 갈 데도 없는 게, 아이돌 좋다고 일본까지 간다고 난리냐? 너 앞으로 어떻게 살래? 나 때는 말이야……' 이런 잔소리 쏟아놓기 전의 눈. '라떼 아트' 하는 눈.

나는 내심 서운해져서 울고 싶은 기분이 되었다. 왜 결혼한 여자는 엄마 아니면 꼰대 취급이야. h1을 봤다. 같은 나이지만 챙겨줘야 하는 큰딸처럼 느껴졌다. h1이 휴대폰으로 BTS 노래를 틀었다. 우리는 둘 다 미친 듯이 몸을 흔들었다.

— 나는 라떼 아티스트다.

내가 소리쳤다. h1도 외쳤다.

— 내 마지막 춤을 다 가져가. 네버 네버 네버. 절대 못 가져가.

다음 날 저녁에는 모스크바행 기차를 탈 예정이었다. 모스크바에는 대문호 톨스토이가 기다리고 있었다. S대 교수는 톨스토이의 작품 『안나 카레니나』에 대해 이야기했다. 안나가 기차역에 내렸을 때, 그녀는 기차 밑에 깔린 남자의 죽음을 보았다. 소설의 결말에서 안나가 선택하는 자살 방법이었다. 안나에게는 두 가지 선택이 있었다. 기차를 타고 멀리 떠나 편견의 벽을 넘으며 계속 살아가거나, 삶을 놓아버리거나. 러시아 사회에서 부도덕한 여자로 낙인찍힌 안

나가 선택한 것은 죽음이었다. 그것이 진짜 안나의 선택이었을까. 톨스토이가 독자의 원성을 잠재우기 위해 그 시대에 맞는 선택을 한 건지도.

h1과 h2와 s는 안나의 선택이 진부하다고 투덜거렸다. 나는 기차역에 서 있는 문학기행 팀을 훑어보았다. 몇 명을 제외하고 모두 여자였다. 나이가 많고 적음을 떠나 포기하지 않고 뭔가를 넘어서야 하는 여자들. 기차가 역에 들어섰을 때, 나는 h1과 h2와 s와 함께 모스크바행 기차에 올라탔다.

러시아에서 돌아온 후, 나는 다시는 h1을 볼 수 없을 것으로 생각했다. 나와 그녀의 영역은 직장과 가정으로 나뉘어 있었다. 관심사가 달랐고 생활이 달랐다. 시간과 공간을 공유하는 여행에서는 가능하지만 현실에서는 심적 괴리감을 줄 터였다.

어느 날 집 근처 버스 정류장을 지나갈 때였다. 익숙한 분홍색 남방이 보였다. h1이었다. 나는 공항에서 h1을 봤던 날처럼 머뭇거리며 서 있었다. h1이 다가와 나를 끌어안았다.

— 오랜만인데 한번 안아보자.

나는 내 가슴이 안도감으로 뛰는 것을 느꼈다. 그녀와 내가 우정을 나누며 앞으로의 인생을 함께할 거라는 예감이 들었다. h1이 넘어가고 있는 뭔가를 나도 넘어가기 위해 애써야 한다는 마음이 들었다. 나는 러시아에서 돌아온 후 망설이고 있었다. 세상이 바뀌는 척만 하고 바뀌지 않으면 어쩌나. 문제를 제기하는 것이 더 큰 상처로 돌아오면. 다시 h1의 손을 잡으니 해야겠다는 결심이 섰다.

— 어떻게 왔니? 라스콜니코프의 도끼 주러 왔니?

내가 진지하게 묻자 h1은 배를 잡고 웃었다.

— 아, 그 도끼. 너 줄게. 우리 남준이가 UN 연설에서 그랬지. 너의 목소리를 내라. 나 이제 프리랜서로 일해. 여기 근처에서 국제회의가 열리거든. 그 회의장 내부 공사를 맡았어.

h1은 여전히 열정적으로 일에 덤벼들고 있었다. 그리고 사회적 편견과 억압을 막아낸다는 BTS 정신을 수호하는 진정한 아미로 거듭난 듯 보였다.

창작지원금을 운영하는 곳에 민원을 넣을 수 있었던 것은, 그날 버스 정류장에서 h1을 만났기에 가능했다. 몇 번의 설문 메일이 날아왔다. 나는 설문지에 김 선생과의 일을 쓰지 않았다. 단지, 좀 더 공정하기 위해 창작 아카데미를 운영하는 사람은 심사위원에서 배제할 것을 요구했다. 내가 라스콜니코프의 도끼로 찍은 걸까? 아니다. 나는 나아지고 있는 시스템과 심사자들에게 정직함을 요구한 것이다. 다른 문화재단의 창작지원금 공모가 떴을 때, 나는 네바 강가와 그녀들을 떠올리며 작품을 접수했다.

왜 글을 계속 쓰느냐는 질문의 답은 쓰면서 찾기로 했다. 힌트 하나는 찾았다. 나는 소설로 내 작은 세계를 만들고 싶었다. 내 삶이

'의미' 있길 바라서 소설 쓰는 사람이 되었다. 나는 흔들리지 않고 이 무용한 세계를 지켜가기로 마음먹었다.

나는 h1을 보자 h2와 s, 문화재단 직원까지 그리워졌다. '라떼 아트 클럽'을 만들어야겠다고 마음먹었다. 네바 강가에 크기가 다른 인형들처럼 나란히 서 있던 순간, 세상의 벽을 뚫고 나갈 수 있을 만큼 불탔던 그 잠깐의 시간을 그녀들과 함께하기 위해서.

*소설 속 인용된 도스토옙스키의 문장은 을유문화사에서 출간된 『죄와 벌』(2012)을 참고하였다.

레드락

자동차는 사막지대를 달려 세도나로 향하고 있었다. 어른만 한 선인장부터 갓난아기만 한 선인장까지 차창을 스쳐 지나갔다. 모래가 고운 사막이 아니라 울퉁불퉁한 돌이 깔린 황무지였다. 마른 풀이 무성한 지대를 지나다 보면 뭉쳐진 풀 무더기가 둥그렇게 굴러다녔다. 도로는 자동차 한 대 없이 뚫려 있었다. 건물 하나, 사람 한 명 보이지 않는 길을 달렸다. 지루함을 가르는 것은 끊임없이 들리는 언니의 목소리였다. 형부는 운전석에 기역자로 낀 다리로 용케 액셀을 밟았다. 나는 목청을 돋워 외쳤다.

— 여긴 휴게소나 화장실이 없어?

지평선까지 이어진 사막에는 선인장과 돌과 마른 풀뿐이었다. 방광이 터지려고 했다. 형부는 한국어를 알아듣기는 하지만 뜻을 이해하려면 시간이 필요한 미국인이었다. 원활한 언어 소통은 영어로 했다. 언니는 한국인들을 만나는 주일에 한국어를 하고 나면 일주일 동안 말을 쌓아놓아야 했다. 몇십 년을 반복하다 보니 진짜 하고 싶은 이야기는 계속 쌓였다. 언니는 동생인 나를 보자 한국을 떠나던 날부터 지금까지의 이야기를 모두 쏟아내고 싶어 했다. 형부는 찬 바람을 쐬려고 창문을 열었다 닫곤 했다. 형부는 언니 말을 듣는 것 같지 않았다.

— 언니 나 여기 좀 세워주면 안 돼? 오줌이 쏟아질 것 같아.

부끄러움을 무릅쓰고 외치면서 형부를 봤다. 형부는 어깨를 들썩했다.

— 여긴 방울뱀이 있어서 아무 데나 들어가서 쌀 수가 없어. 물리면 죽는다고.

방울뱀 소리에 발가락에 힘을 주고 소변을 참았다. 방광이 조이다가 통증이 왔다.

— 주유소, 주유소는 있지 않아?

언니가 형부를 봤다. 형부는 액셀에 올려놓은 발에 힘을 주고 속도를 높였다.

— 진짜, 이놈의 미국땅 더럽게 넓네. 어떻게 그 흔한 휴게소가 하나 없냐고.

언니는 그 와중에도 자신의 이야기를 계속했다.

언니는 1980년대 후반에 미국으로 건너가서 살았다. 미국에서 결혼과 동시에 영주권을 얻었다. 언니는 그 시대에는 흔했던 결혼 이민 여성이었다. 언니가 미국으로 가서 들었던 말은, 혹시 남편이 미군이냐는 것이었다. 그 질문에는 다른 뜻이 숨어 있었다. 미군들과 결혼하는 여성들은 미군부대 근처 기지촌 여성들이 많았다. 숨은 의도를 가지고 묻는 이들은 한인들이었다. 언니는 그들의 질문이 부담스러웠지만 한인 커뮤니티에 발을 들였다. 일주일에 한 번은 그들을 만나길 원했다. 그들이 담은 김치를 나눠 먹고, 된장찌개나 미역국 같은 음식을 편하게 맛보고 싶었다. 형부는 된장 냄새를 못 견뎌했고, 김치 냄새를 싫어했다.

— 그래서 교회에 다녔구나?

언니는 고개를 끄덕이고 또 다른 말을 했다. 자신의 말을 이어서 해야 했기에, 내 말은 듣지 않는 것 같았다.

언니는 미국인들에게는 어디서 왔냐는 질문을 받았다. 미국에 온 후 몇 년 동안은 한인들에게 하는 대답을 했다. 그러나 시간이 지나도 계속 같은 질문을 받았다. 언니의 영어 발음은 원어민 발음과 차이를 보였다. 언니는 죽을 때까지 이방인으로 살아야 한다는 생각이 들었다. 언니는 외로움에 굴복할 때마다 한인들을 찾아가 된장국을 나눠 먹었다. 고국의 음식은 힘이 셌다. 한인 사회는 고립돼 있어서 관습의 옷이 단단했다. 언니는 그 옷을 다 벗어버릴 수는 없어서, 일주일 동안 벗어놓았다가 주일에 입기를 반복했다. 적당한 거리 유지가 필수였는데 그럴수록 자신이 빈껍데기처럼 여겨졌다. 언

니는 한인 사회에서도 미국 사회에서도 적당히 발을 **빼고** 있었기에
질문은 더 크게 다가왔다.

너는 어디에서 왔느냐.

이 질문은 너는 누구냐, 라는 질문과 같은 의미였다. 김치와 된장
국과 한국어 수다로도 채워지지 않는 그 무엇을 언니는 골똘히 생
각하게 되었다. 언니는 오십 평생이 지나가고 나서야 이 질문 앞에
서 있는 자신이, 많이 늦었다는 후회를 했다. 그저 백인 남자를 만났
고, 그를 사랑했고, 다른 나라로 왔다. 살아갈수록 익숙해졌지만 뭔
가를 잃어버렸다는 마음을 지울 수 없었다. 언니는 이제 뭔가를 찾
고 싶었다. 언니는 나를 딸의 결혼식에 초대했다. 언니가 찾는 뭔가
에 내가 도움이 될 거라는 생각을 하면서.

— 나도 같은 질문을 받아. 너는 누구니? 라고.

작은 소리로 속삭여서인지 언니는 제 할 말만 이어서 했다. 너는
어디서 왔니, 라는 질문과 너는 누구니, 라는 질문은 정말 같은 것일
까. 나는 사춘기 때 처음 들었던 질문을 되뇌었다. 옆집에 살던 친구
의 엄마가 나한테 한 질문이었다. 배도 부르지 않던 너희 엄마가 어
느 날 갑자기 너를 낳았다고 말했다. 고등학생 딸을 둔 엄마가 흉하
기도 하다고. 동네 사람들이 쉬쉬 뒷말을 했다.

너는 도대체 누구니?

그 질문을 들었을 때가 내 생일이 있는 5월 즈음이었다. 그 후로 5
월만 되면 자꾸 집을 뛰쳐나가고 싶었다. 스무 살이 넘었을 때 집을

나와 남자랑 살기 시작했다. 금방 첫째 아이와 둘째 아이가 태어났다. 그 후에는 너무 일찍 결혼했다는 후회를 떨칠 수 없었다. 5월이 되면 애들을 버리고 집을 나가고 싶었다. 한번은 다섯 살, 세 살 아이를 재워놓고 집을 나왔다. 고속버스를 타고 동해 정동진까지 가서 며칠을 지냈다. 핸드폰을 꺼두었는데 카드 사용내역을 보고 남편이 찾아왔다. 정동진 바닷가에는 고현정 소나무가 있었고, 모래시계 박물관이 있었다. 고현정처럼 서서 신발로 모래를 북북 밟고 있었다. 백사장으로 달려드는 파도를 보고 있자니 속이 뚫리는 것 같았다. 그때 남편이 다가와서 물었다.

너는 누구니?

두 아이는 눈물 콧물 흘리며 울다가 병이 나 누워 있었다. 나한테 달려드는 두 아이를 품에 안는데 숨이 막혔다. 척척 감겨드는 아이들의 팔이 몸을 묶는 밧줄 같았다.

미국에 있는 언니한테 도망갈까.

그때 처음 터울이 지고 같이 산 기억도 없는 언니를 떠올렸다. 남편과 아이들에게 죄책감이 들어 숨죽이고 살다 보니 다시 5월이 왔다. 나는 또 어딘가로 도망가고 싶어 발을 동동 굴렀다.

그냥, 여행을 다녀와. 일주일간 내가 아이들을 돌볼게. 대신 꼭 돌아와. 우리 부부의 비밀이고, 우리가 사는 룰이야.

남편이 필리핀 여행 티켓을 주었다. 다음 해에는 일본을. 그다음에는 태국을. 그다음에는 이탈리아를, 스페인을, 프랑스를, 독일을.

세월이 흘렀다. 5월이면 내가 견딜 수 없는 뭔가가 있다는 걸 알고 그러는 건지, 묻지 말아야 할 것을 물었다는 죄책감에서 그러는 건지, 남편은 나를 떠나게 했다. 남편과 나의 거리는 내가 다녀온 나라만큼 멀어졌다.

남편과 나는 먼 거리에서 서로의 의무에 충실하면서 살았다. 남편은 직장에서 성실히 성과를 내 진급했고, 나는 아이들을 키우고 가르쳤다. 너무 일찍 결혼했다는 후회가 들지 않을 만큼 나이를 먹었지만 남편과 나의 룰은 계속 지켜졌다. 5월에 한 차례, 일주일이나 열흘을 어딘가 다녀오면 1년은 내 질문을 잊을 수 있었다.

너는 누구고, 어디서 왔느냐.

이번 여행은 언니가 제안했다. 나는 5월이 아닌 12월이 낯설었지만 미국의 애리조나 주를 인터넷에 검색했다. 피닉스까지 타야 할 비행기편은 언니가 알아봐주었다. 나는 언니가 있는 나라를 짚어보는 것만으로 가슴이 설레었다. 나는 세상의 반대편에 가 있는 언니가, 멀리멀리 가 있는 언니가 멋있었다. 언니는 나처럼 뭔가를 너무 일찍 했거나, 어떤 질문을 받고 삶 전체가 흔들려 매번 도망가는 삶을 살고 있지 않을 것이다. 자신이 살고 싶은 나라까지 바꾼 언니의 결정이 용감하게 느껴졌고, 존경스러웠다. 늘 피하고 도망가버리는, 도망갔다가 결국 제자리로 돌아와 다시 삶을 견디는 나와는 결이 다른 사람이 언니였다.

나는 정신이 혼미해져서 언니의 말이 들리지 않았다. 도로 끝에 주유소 표시가 보였다.

— 저기 있어, 저기. 쌀 것 같아요. 형부, 빨리 들어가요.

언니의 이야기는 거기서 멈추었다.

언니 부부와 내가 피닉스의 조카 집에 도착한 건 전날 밤이었다. 조카 부부의 신혼 아파트는 현관문을 열고 들어가서 계단을 한 층 내려가야 거실과 주방이 있었다. 거실에서 2층으로 난 계단을 올라가다 보면 세 개의 방이 나왔다. 기묘한 복층 구조의 집이었다. 창문은 블라인드로 가려져 있었다. 여름이면 화씨 100도의 열기를 견뎌야 하는 지역이라 만들어진 구조 같았다. 아침에 조카 부부는 출근했다. 결혼식이 일주일 남았는데 그때까지 일을 한다고 했다. 형부는 오트밀을 끓여 먹었다. 나와 언니는 시리얼을 말아 먹었다. 냉장고는 텅 비어 있었다. 마트를 가야 하지만 어디 있는지 몰랐다. 언니도 형부도 이 지역이 낯설었다.

우리는 아침 산책으로 강변을 걸었다. 아침은 영하의 날씨라서 후드티만 입고 나온 형부는 후드를 뒤집어쓰고 제자리 뛰기를 했다. 바닥에는 굵은 모래가 깔려 있었고 고층 빌딩들이 서 있었다. 거리에는 야자나무 한 그루 보이지 않았다. 강변 건너 외벽을 보면 방울뱀이 그려져 있었다. 주황색 사리를 입고 색색의 팔찌를 낀 인도 여자들이 지나갔다. 카레 냄새가 코끝을 스친다는 착각인지 선입관인지가 머릿속을 훑었다. 히잡을 쓴 무리가 걸어오는 것이 보였다. 인도인도 무슬림도 여자들은 전통의상을 입고 있는데, 남자들은 양복을 입고 구두를 신었다. 나는 언니를 봤다. 언니는 나이키 운동화를 신고 리바이스 청바지에 타미힐피거 점퍼를 입고 있었다. 언니는 형부와 함께 제자리 뛰기를 시작했다.

산책이 끝나고도 할 일이 없었기에, 결혼식이 예정된 세도나까지 다녀오기로 했다. 식을 올릴 장소를 둘러보고 세도나 시내 관광을 하기로 했다. 가벼운 마음으로 떠난 여행이라 간식과 물은 따로 챙기지 않았다.

방광이 비워지고 나자 잊고 있던 허기가 몰려왔다. 화장실의 다른 칸에서 언니가 나왔다. 언니는 내 손을 잡고 마켓으로 들어갔다. 진열장에는 익숙하지 않은 치즈크래커와 초콜릿, 젤리 등이 있었다. 젤리 옆에는 육포가 있었다. 소고기는 아니었고 멧돼지 육포였다. 나는 그걸 살까 망설이다가 치즈크래커를 집었다. 핫초코가 보였다. 나는 따뜻한 것이 먹고 싶어서 핫초코를 한 잔 샀다.

— 형부가 서두르고 있어. 세도나에 갔다가 돌아오려면 늦어질 것 같아서.

— 언니는 배 안 고파?

언니는 고개를 젓고 형부를 위해서 핫초코 한 잔을 더 샀다. 우리가 차로 돌아갔을 때, 형부는 멍하니 차창을 바라보고 있었다. 나는 핫초코를 한 모금 마셨다. 혀가 녹을 만큼 달았다. 단맛이 배 속 깊숙이 파고들더니 속을 뒤집었다. 나는 차가 출발하기 전에 창문을 열고 핫초코를 버렸다. 치즈크래커는 옆구리가 저리게 짜서 정신이 잠깐 나가는 것 같았다. 과자봉지 입구를 접어서 구석에 놓았다. 형부는 언니의 옆모습을 보다가 룸미러로 나를 보더니 시무룩해했다. 언니가 줄곧 나한테만 말을 쏟아놓고 있어서 소외감을 느끼는 것 같았다. 나는 파란 눈의 형부를 어떻게 구슬려볼까 고민했다.

— 두 사람은 어떻게 만났어?

형부의 눈동자가 흔들렸다.

— 배고프다. 식당 있으면 들어가자.

형부가 말을 꺼내기 전에 언니가 말길을 돌렸다. 두 사람의 만남 이야기라면 둘 다 신나서 떠들 거라고 여겼던 나는 얼떨결에 언니 말에 동조했다. 형부는 여행 왔으면 구경을 해야지, 왜 그렇게 먹을 것만 찾느냐고 말했다. 여행을 시작하고 불만을 토로하는 건 처음이었다. 나는 민망해서 차 옆을 스치는 선인장을 하나씩 세었다. 고도가 높아지고 있었지만, 눈으로는 느껴지지 않았다.

형부는 숲을 향해 걸어가며 붉은 흙을 밟았다. 나와 언니는 뒤를 따라갔다. 세도나는 붉은 사암 지대라 흙도 붉었다.

— 이쪽으로 가면 호수가 있다고 했어. 그 호수를 보러 갈 거야.

형부는 관광 지도를 보며 방향을 가리켰다. 언니는 투덜거렸다.

— 배도 고프고, 지리도 낯선데 꼭 호수를 찾아가야 해?

— 슬라이드락파크라고 9미터가 넘는 긴 바위가 있는 계곡이 있다고 했어. 참나무숲에서 흘러나온 맑고 시원한 물이 흐르는 곳이래. 계곡물이 고여 있는 호수가 있는데. 우린 거기를 찾아가고 있는 거야.

형부가 대답하고 숲으로 들어갔다. 언니와 나는 주변을 둘러봤지만 숲만 펼쳐져 있었다. 우리는 질척거리는 흙을 밟고 솔가지와 나뭇잎을 밟으며 한 시간 가까이 헤매는 중이었다. 숲에서 검은 사냥개가 뛰어왔다. 언니와 나는 비명을 질렀다. 숲으로 걸어 들어간 형부는 그림자도 보이지 않았다. 숲에 들어가기 전에 형부가 했던 말이 떠올랐다.

내가 먼저 가보고 돌아와서 말해줄게. 꼭 찾을 거야.

검은 개와 함께 산책하는 여자가 걸어오는 모습이 보였다. 사냥개는 혀를 내밀고 헉헉거리더니 우리를 스쳐 지나갔다. 나는 개가 지나가고 나서는 걸음을 떼고 싶지 않았다. 언니는 다른 사람을 배려하지 않는 형부의 무례에 욕을 퍼부었다. 나는 바닥에 주저앉고 싶었지만 엉덩이가 젖을 것 같아서 쪼그리고 앉았다.

— 세도나는 볼텍스(vortex)가 나오는 거로 유명해. 지구상에서 기가 제일 센 곳이래. 수행하는 사람이나 기도하는 사람들이 찾아오기도 한대. 너는 원하는 게 있어?

언니가 물었다. 언니는 손으로 그늘을 만들어 해를 가렸다. 붉은 얼굴에 기미가 껴 있었다. 눈이 부신지 인상을 찡그리고 있었고, 볼에 보조개가 패어 있었다. 내 얼굴에 있는 보조개랑 비슷했다. 조잘

조잘 떠들던 언니의 입술이 새처럼 뾰족하게 튀어나와 있었다. 혈육에게서 느껴지는 따뜻함이 언니의 얼굴과 몸에서 솟아 나와 나를 잡아당기는 것 같았다. 나는 언니와 같이 살았던 기억이 없는데도 친근한 것이 좋아서 웃었다. 언니는 내 머리와 얼굴을 쓰다듬어주었다.

형부가 느린 걸음으로 돌아오는 것이 보였다. 나는 언니의 몸에서 뿜어져 나오는 끈끈한 유대감이 형부로 인해 사라져버릴 것 같아 못마땅했다.

— 배고파 죽을 것 같아.

나는 토라진 듯 말했다. 언니는 형부한테 고개를 돌렸다. 언니는 이곳 지형도 모르면서 여기까지 데려와 고생을 시키느냐며 화를 내기 시작했다.

— 한국에서 나 찾아온 애를 잘해주지는 못할망정 왜 굶겨? 얘가 배고파 죽겠다잖아. 내가 몇 번이나 망설이다가 얘를 초대했는지 알아? 당신이 어떻게 생각할지 몰라서. 그런데 당신은 늘 이런 식이야. 내가 어떤 마음인지 들여다볼 생각을 안 해. 이기적이고 자기밖에 모르지. 당신은 뭘 믿고 그렇게 자신만만하고 당당해? 또 사라져봐.

언니는 소리 지르다가 말을 멈추었다. 언니는 확 돌아서서 산에서 내려갔다.

— 비명을 듣고 돌아온 건데…….

형부가 중얼거렸다. 형부는 남편들 특유의 체념하는 듯한 표정을 짓고 있었다. 나는 신발 끈을 묶는 것처럼 쪼그리고 앉았다. 신발 옆에 돌멩이가 있었다. 나는 돌멩이를 주웠다. 붉은 사암에서 떨어져 나와 풍상에 깎인 붉은 돌멩이였다. 나는 주머니에 돌멩이를 넣었다. 형부는 언니가 내려간 방향을 바라보다가 걸어 들어갔던 숲길 옆에 난 길로 눈길을 돌렸다.

— 지도를 잘못 읽었어. 저 위가 아니라 이쪽 같아.

나는 휴대폰으로 언니한테 문자를 보냈다. 데이터로밍을 해오긴 했지만 터지지 않는 구간이 있었다. 메시지 전송에 실패했다는 알림이 떴다. 보이스톡으로 언니한테 전화를 걸었지만 받지 않았다. 형부는 언니가 내려간 길이 아닌 숲길로 발길을 옮겼다. 나는 형부를 말리려고 뒤를 따랐다.

— 언니와 길이 엇갈릴 수 있어요. 그냥, 내려가요. 호수를 보지 않아도 저는 괜찮아요.

형부는 내 얼굴을 내려다보면서 이해가 안 간다는 표정을 지었다.

— 내가 호수를 보고 싶어서 가는 거야. 나는 내가 찾는 게 저기 있다는 걸 확신해.

나는 언니를 따라 내려가기로 마음먹고 돌아섰다. 언니와 형부가 살았던 기간은 30년이었다. 언니는 말이 안 통해서 가슴이 답답하다고 호소했다. 형부의 말을 들으니 내가 언니가 된 것처럼 명치가 꽉 막혔다.

나는 조카의 집이 있는 피닉스에 오기 전에 언니네 집에 들렀던 순간을 떠올렸다. 한국에서 애리조나주의 피닉스까지 직항은 없었다. 한국에서 시애틀로 갔다가 다시 피닉스로 가야 했다. 경유하는 것이라 이틀 정도 언니네에서 머물렀다. 그때 언니가 다니는 한인 교회에 갔다. 형부는 언니와 같은 교회에 다니는 게 아니라 백인들이 다니는 교회에 다녔다. 서로 다른 곳에서 신을 만나고 돌아온 부부는 같은 천국을 꿈꿨다. 그날은 한국에서 온 나를 위해 언니가 형부에게 같이 가자고 청했다. 검은 머리와 검은 눈을 가진 무리 사이에 형부가 들어서자 그들의 눈이 묘하게 빛났다. 한인들이 형부를 환영했고 나는 형부 옆에 앉았다. 집사 중의 한 명이 다가와 말했다.

— 결혼한다는 딸이군요. 아빠와 엄마를 많이 닮았네요. 참 예뻐요.

형부의 볼이 분홍색으로 변했다. 당황하는 기색을 보이다가 파란색 눈이 풀어지며 미소를 지었다. 한국어를 알아듣는 형부였지만 어떤 뜻인지 가늠하느라 시간이 걸린 듯했다. 그나마 마지막 말인 '예뻐요'라는 단어의 의미가 인사치레인 걸 아는 듯했다. 나는 갈색으로 염색한 머리색이 오해를 불러왔다고 생각했다. 교인들이 조카의 얼굴을 모르는 걸 보니 조카도 이 교회에 다니지 않았다는 것을 알 수 있었다. 그들이 나한테 영어로 말을 걸어와서 내가 형부와 나의 관계를 정정해주었다. 그들은 다시 한번 놀라서 탄성을 지르며 말했다. 이렇게 나이 차이가 많이 나는 동생이 있었군요. 이번에는 언니의 낯빛이 변하다가 입이 열렸다. 내 소개가 쏟아졌다.

— 부모가 같은 거죠?

다른 사람이 물었다. 나는 당연하다는 뜻으로 고개를 끄덕였다. 말을 쏟아내던 언니가 입을 다물었다. 나는 언니의 동의를 구하려고 언니의 얼굴을 바라봤다. 교인들은 언니보다 연로한 노인들과 언니 또래의 중년 여성들이 다수였다. 언니의 반응은 그들의 입을 일시에 다물게 했다. 언니는 그들을 둘러보고 강당 끝에 놓인 나무 십자가에 눈길을 주었다.

— 재혼도 많으니까, 뭐.

다른 사람이 추측한 결론을 내뱉자 교인들은 흩어져 제각각 자리로 돌아갔다.

— 네가 나이보다 어려 보여서 괜한 말들을 하나봐.

언니가 내 귀에 대고 속삭였다. 옆에 앉은 형부가 언니를 보더니 고개를 숙였다. 나는 둘 사이에 흐르는 기류와 교인들의 눈총 가운데 놓여 숨이 막혔다. 형부는 그날 양껏 차려진 한식을 세 접시나 먹었다. 형부는 한 접시씩 추가로 먹을 때마다 언니에게 칭찬을 들으려는 것처럼 맛있다고 말했다. 평소에는 먹지 않던 콩나물무침이나 불고기, 잡채, 과일 샐러드까지 흡입하듯 먹었다. 언니는 내내 한 마디도 하지 않았다. 나는 언니가 어느 부분에서 마음이 상했는지 몰랐다. 언니의 친구가 다가와 나를 보며 눈을 찡긋했고 언니한테 이야기를 많이 들었다고 했다. 언니가 친구의 눈을 쳐다봤는데 들뜬

분위기의 친구와 다르게 초조함이 엿보였다. 이 교회의 중년 여성들과 노인들과 오랜 시간 음식을 나눠 먹었음에도 언니는 묘하게 섞이지 못하는 듯했다. 언니는 이질감을 드러내놓지 않고 신앙의 이불로 덮고 있는 것처럼 보였다. 형부는 한눈에 보이는 이 불협화음을 눈치채지 못하고 그저 끝없이 음식을 먹었다. 나는 한국과 미국의 거리를 가늠했다. 점점 멀어지고 있는 남편과의 거리가 아득하게 그려졌다.

형부는 숲으로 가려던 걸음을 멈추고 나를 향해 돌아서더니 말했다.

— 영어학원으로 숨어들어온 언니를 처음 봤어. 매운 최루탄에 눈물 콧물 흘리며 나한테 토했어. 나는 그때 확신했어. 내가 평생 찾던 사람이 이 사람이라는 걸. 나는 언니를 숨겨주었어. 언니는 나라를 바꾸겠다고 데모를 했어. 억울하게 죽은 사람들을 위해 진상규명을 하겠다고. 나는 그러다 언니가 사라져버릴 것 같았어. 그 사람들처럼. 나는 언니를 그 혼란스러운 나라에서 구해주고 싶었어. 언니한테 미국으로 같이 가자고 했어. 언니는 거절했어. 왜 그러냐고 물었더니 한국에 남아야 할 이유가 있다고 했어. 나는 상처받고 미국으로 돌아왔어. 일 년쯤 지났을 때, 언니가 미국으로 나를 찾아왔어. 언니는 나한테 왜 기다리지 않고 사라져버린 거냐고 화를 냈어. 그게 자기를 향한 사랑인 거냐고. 나는 언니한테 한국에 남을 이유

가 사라진 거냐고 물었어. 언니는 그것에 대해서는 말하고 싶지 않으니 다시는 묻지 말라고 했어. 나는 그러겠노라고 다짐했어. 언니는 그때의 일을 다른 사람 앞에서 말하지 않아. 우연히 알게 된 사실은 언니가 내게 온 것도 일종의 도피였다는 거야. 그래도 괜찮아. 나를 찾아온 내 사람이니까.

— 언니한테 가요. 언니가 우릴 기다릴 거예요.

형부는 내 말을 들으면서 해를 손으로 가렸다. 인상을 찌푸리고 생각에 잠긴 듯 잠시 말이 없었다. 나는 정치적 도피요? 라고 묻고 싶었지만 묻지 않았다.

— 세도나의 베스트 뷰라고 했어. 그 호수 말이야.

— 언니를 찾아가면 안 되겠어요?

나는 마음을 다해 부탁했다.

— 처제가 오고 나서 언니가 자꾸 예민해지고 있어. 요 며칠은 몇십 년 전 불안했던 언니 같아. 그 시간이 멈췄다가 다시 흘러가는 것 같아. 그때처럼 내가 먼저 가 있으면, 언니가 나를 찾아올 거야.

말을 마친 형부가 숲으로 들어갔다. 나를 찾아올 거야, 가 아니라 나를 따라올 거야, 라고 말해야 하지 않을까. 나는 형부의 마지막 말을 되뇌었다. 형부 한국말 잘하는구나. 못 알아듣는 척하는 건 알아듣고 싶지 않은 말이라 그런 거구나.

참나무의 시원한 향이 코끝을 스쳤다. 다람쥐가 나뭇가지로 올라갔다. 나는 형부의 확신에 찬 사랑이 대단해 보인다기보다, 그것에 기대어 언니의 마음을 들여다보지 않으려는 것이 언짢았다. 언니가 말하지 않은 어떤 부분 때문에 언니의 마음은 존중받기보다 무시당하고 있는 느낌이 들었다. 말해지지 않는 어떤 조각 때문에 형부는 심리적으로 우위에 서서 언니를 내려다보는 듯했다. 처음에는 그저 작은 조각이었을 그 무엇은 언니 삶 속 관계들에 이질감을 주었을 것이다. 나는 남편과 나의 관계를 떠올리며, 형부와 언니의 관계를 추측했다. 내 허물을 덮고 사는 남편도 둘 사이에서는 심리적 우위에 있었다. 관계가 동등하지 않으니 우리는 멀어지는 중이었다.

나는 언니가 내려간 방향을 보았다. 물보다 진한 피가, 상처받은 피가, 나를 당겼다. 언니가 진상규명 집회에 참여했다가 잡혀가 당한 일은, 엄마의 한숨 섞인 기도로 짐작했다. 어린 소녀가 당한 나쁜 일이었다. 언니에게 전화를 걸고 문자를 보내다가 형부가 가버린 곳을 노려봤다. 길을 따라 내려가면 언니를 찾을 수 있을 테지만 낯선 곳에서 길을 잃을까봐 걱정이 앞섰다. 나는 구글앱을 열었다. 자주 끊어지는 인터넷이 느리게 화면을 띄웠다. 나는 슬라이드락파크를 검색했다. 언니한테서 전화가 왔다.

— 형부는 호수를 찾아갔어. 언니는 어디에 있는 거야? 나를 두고 가지 마.

언니는 고개를 들어보라고 했다. 고개를 들자 새파란 하늘이 보였고, 더운 해가 날카로운 조각들을 떨어뜨리고 있었다. 나는 홀로 버려진 것 같았다. 발을 동동 굴리며 뭔가를 찾아 사막까지 와서 진창에 빠져 허우적거리는 꼴이 우스웠다.

— 하늘 말고 여기를 봐.

오솔길을 뛰어오는 검은 개가 보였다. 그 뒤를 언니가 따라왔다. 언니 옆에는 검은 개의 주인이 있었다.

— 이분이 호수를 알려준대. 이 동네 사람인데, 늘 호수까지 산책을 가나봐.

언니가 한국말로 나에게 이야기했다. 언니는 그 여자한테 나를 소개하고 길을 재촉했다. 영어로 수다를 떠는 언니가 낯설었다. 나는 구글앱에 있는 지도를 언니의 눈앞에 보여줬다.

— 나는 길치라. 핸드폰 보고는 못 찾아가.

언니가 말했다.

— 형부는 어쩜 혼자 가버릴 수가 있어?

내가 더 말하려고 하자 언니는 개를 따라온 여자의 눈치를 살폈다.

— 원래 그런 사람이야. 모른 척 뒷짐 지면 해결되는 줄 아는 사람. 우린 또 그렇게 살아.

언니가 별거 아니라는 식으로 대답했다. 이게 그렇게 넘어가면 언니 마음속에 쌓이는 앙금은 더 깊어지지 않을까. 그냥 웃고 발랄하게 넘어가면 이 사소함으로 받는 상처는 더 짙어지겠지. '우린 또 그렇게 살아.'가 과연 제대로 살아지는 걸까. 내 속을 읽은 것처럼 언니는 들키지 말아야 할 것을 들켜 자존심이 상한 표정이었다.

언니는 개를 데리고 온 여자에게 이제 가자고 말했다. 검은 개가 먼저 숲길로 걸어갔다. 언니와 나는 검은 개를 따라갔다. 나는 언니와 나를 두고 가버린 형부가 야속해서 욕을 퍼부어주고 싶었다. 언니는 화를 냈던 것을 까맣게 잊은 것처럼 발랄하고 수다스러워져 있었다. 언니는 형부와 대화하지 않고 스스로 화를 푼 것이다. 형부는 여전히 심리적 우위에 서 있었다. 나는 언니를 진정시키고 이 부분에 대해 말하고 싶었다. 그러나 언니는 틈을 보이지 않았다. 언니는 갈등하던 마음을 붉은 흙 어딘가에 묻어버리고 돌아온 것처럼 아무렇지 않게 행동했다. 마음속 가장 밑바닥에 있던 것을 두레박으로 퍼 올리다가 손에서 놔버린 사람처럼 언니는 내 눈을 보지 않고 외면했다.

나는 주변을 둘러봤다. 저 멀리 세도나의 레드락이 펼쳐져 있었다. 벨락처럼 이름을 알 만한 큰 산이 있었고 그 주위를 둘러싼 레드락이 보였다. 레드락은 햇빛에 바싹바싹 구워진 고구마처럼 붉었다. 거대한 신이 흙으로 반죽을 하다가 한 덩어리씩 떼어내 땅을 향해 던져놓은 것처럼 모양이 제각각이었다. 세도나는 인디언의 신이 모여 있던 땅이었다. 인디언의 마지막 4개의 부족이 끝까지 항쟁하던 곳이라는 설명을 읽은 기억이 났다. 나는 광활한 자연 앞에서 영영 혼자일 거라는 생각에 두려웠다. 아무리 멀리 떠나도 찾고자 하는 것을 찾을 수 없을 거라는 절망감이 밀려왔다. 나는 주머니에 손을 넣었다. 레드락에서 떨어져 나온 돌멩이가 만져졌다.

태양이 황금을 퍼붓듯 부드럽고 온화한 빛을 쏟아부었다. 양탄자처럼 깔린 초록색 잔디와 초록색 나무들이 하객과 꽃을 감싸고 있었다. 붉은 사암 지대인 세도나에서 눈부신 초록은 신랑, 신부가 부려놓은 마법처럼 아름다웠다. 초록색 공원을 둘러싼 목각 장식은 인디언의 모형이었다. 하객은 길게는 스무 시간을 짧게는 네 시간을 비행기를 타고 온 사람들이었다. 하객의 언어나 피부색은 다양했다. 언니의 손님들은 교회에서 보았던 교인들과 언니가 직장을 다니며 친분을 쌓은 직원들이었다. 30년 동안 언니가 다져놓은 지인들이었다. 이들이 함께 모인 것은 처음인 듯했다. 한인들과 미국인들은 서로 눈인사도 하지 않았고, 자기들끼리 무리 지어 앉았다. 언니는 펄이 들어간 오렌지색 드레스를 입고 있었다. 나는 초록색 잎이 얼기설기 수놓인 드레스 차림에 코트를 걸쳤다.

숲길을 따라 형부와 조카가 걸어왔다. 웨딩드레스를 입은 조카는 형부의 손을 꼭 잡고 조심스럽게 걸었다. 어린 소녀가 나타나 장미 꽃잎을 뿌렸다. 꽃잎을 밟고 형부와 조카는 걸었고, 길 끝에 신랑이 기다리며 서 있었다. 신랑의 앞에는 목사가 있었다. 형부가 조카를 신랑의 손에 넘겨줬다. 목사의 주례가 시작되었다. 주례를 못 알아듣는 나는, 눈이 시리도록 빛나는 초록색과 햇빛을 피해 눈을 감고 있었다.

목사의 말에 하객이 폭소를 터트렸다. 나는 눈을 떴다. 아버지는 돌아가셨지만, 엄마는 살아 계셨다. 언니가 딸의 결혼식에 초대해야 하는 사람은 내가 아니라 엄마여야 했다.

언니는 엄마에 대한 애정이 각별한 듯 5월이 돌아오면 카드를 보내곤 했다. 어버이날 카드와 함께 내 선물이 왔다. 언니가 미국에 간 첫해에 보낸 선물은 스누피 인형이었다. 시골에서는 흔치 않은 인형이라 나는 인형을 끼고 동네를 돌아다녔다. 미국에서 온 거야. 언니가 있는 미국에서. 나는 옆집 친구에게 자랑했다. 친구가 부러워서 자신의 엄마를 졸랐다. 친구 엄마는 야릇한 표정으로 나를 봤다. 너는 엄마가 있으니까, 저런 거 필요 없잖아. 친구 엄마가 말했다. 나도 집에 엄마가 있는데 무슨 말일까. 화가 났지만 따지지 않았다. 나는 스누피 인형을 자랑하던 것이 시들해져서 집에 돌아왔다. 다음 해 5월에는 500가지 색의 색연필 세트가 지팡이 사탕과 왔다. 그다음은 파티용 롱드레스가 왔다. 나는 그 옷을 입고 갈 곳이 없어서 동네를 돌아다녔다. 옆집에는 가지 않았다. 어린 나는 스누피 인형을 안고 롱드레스를 입은 채 미국을 상상했다. 500가지 색의 색연필로 미국에 있는 언니를 그렸다. 내가 좀더 자랐을 때는 100달러짜리 지폐가 왔다. 선물만 보내고 오지 않는 언니의 자리가 공허하게 느껴졌다. 언니가 보내던 것이 어린이날 선물이 아니라, 내 생일 선물이었다는 것을 퍼뜩 깨달았다.

링보이가 신랑과 신부에게 반지를 주고 갔다. 반지를 나누어 낀 신랑과 신부는 키스를 했다. 축가가 이어졌다. 언니와 형부는 나란히 앉아서 딸과 사위를 바라봤다. 언니가 나를 향해 고개를 돌렸다. 언니는 눈물을 흘리고 있었다. 나는 호수를 찾아가다가 겪었던 일 때문에 감정이 상해 있었다. 설명할 수는 없지만 언니와 나 사이에는 가벼운 막이 생긴 것 같았다. 그런데 언니가 우는 것을 보자 단단하게 잠가놓았던 마음이 풀어졌다. 언니는 눈으로 뭔가를 말했다. 나는 언니가 나를 사막으로 부른 이유를 읽어내고 싶었다. 언니의 눈은 마주 보는 것만으로도 데일 것처럼 뜨거웠다. 온갖 감정이 담겨 타올랐다. 나는 언니에게서 눈을 떼지 않았다.

언니는 호수를 찾던 산에서 내려온 후, 나에게 말을 하지 않았다. 며칠 후 있을 조카의 결혼식 준비에 여념이 없는 것처럼 산책도 관광도 나가지 않았다. 언니는 마트에 가서 조카의 냉장고를 채울 음식 재료를 사 왔다. 언니가 매 끼니를 챙기기 버거워해서 형부는 빵과 시리얼을 먹었다. 나는 한국에서 챙겨간 너구리 라면을 끓여 먹었다. 언니가 취하는 태도는 한인들과 미국인들 사이에 애매하게 껴 있으면서 거리를 두던 것과 비슷했다. 언니가 교회에서 겉돌던 것과도 같았다. 언니는 이방인이 아니었다. 언니 자체가 그 모든 것들을 피해 동굴 속으로 숨은 것이었다. 나는 언니가 동굴로 더 깊이 들어갈지 밖으로 나올지 고심하고 있다는 생각이 들었다.

신랑 신부의 부모가 축하 메시지를 전하는 시간이 돌아왔다. 신부의 어머니인 언니 차례가 되자 언니가 눈물을 닦고 입을 열었다.

— 저는 오늘 제 나라와 그곳의 가족과 사랑하는 사람들을 떠올립니다. 그곳 소도시에 몰아치던 80년 5월의 바람을 기억합니다. 저는 멀리 도망 왔습니다. 그곳을 잊고 이곳에 뿌리내리기 위해 30년 동안 돌아가지 않았습니다.

언니가 나를 봤다. 나는 고개를 저으며 입술로 말했다.

언니……

언니는 웨딩드레스를 입은 조카를 봤고, 형부를 봤다. 형부는 서늘한 눈으로 언니를 봤다. 형부의 눈빛은 파란 신호가 켜진 것처럼 차가웠다. 언니는 형부의 눈을 외면하고 나를 보며 말했다.

— 지금 내게 남아 있는 말은 한마디뿐입니다. 내 딸아, 잘 자라줘서 고맙다.

언니의 말에 한인들이 울음을 터트렸다. 미국인들은 언니의 말을 알아듣지 못했다. 그들은 감동적인 축사로 짐작하고 손뼉을 쳤다. 조카가 눈물을 흘리며 언니에게 다가가 볼에 키스했다. 한인들이 서럽게 울기 시작했고 울음은 미국인들에게 옮겨갔다. 언니는 미간을 찌푸렸다. 언니는 하객의 반응에 멍청한 얼굴로 서 있다가 자리에 앉았다. 언니는 허탈해하는 듯했다. 오랜 시간 숨겨왔던 조각을 꺼내놓는다고 해서, 그것이 현재의 일부분에 들어맞지 않는다는 사실을 깨닫고.

나는 그 조각이 형부에게만은 파문을 일으키길 바랐다.

언니와 나는 서로를 바라봤다. 우리는 하객이 만들어놓은 감정의 테두리 밖에 앉아 있었다. 픽. 언니가 입술 끝을 올렸다. 언니의 웃음에 전염된 나는 폭소가 터졌다. 나는 웃는 것을 가리려고 코트 자락에 얼굴을 묻었다.

나는 언니의 웃음에서 내가 듣고 싶은 답을 들었다. 사막의 찬 바람이 폐로 들어와 막힌 속을 뚫고 배 속 깊숙이 내려갔다. 코트 주머니에 손을 넣어 작고 차가운 돌멩이를 만졌다. 돌멩이를 꺼내 바닥에 내려놓았다.

그동안 사람들은 내 인생의 절대적 순간에 나타나 한마디씩 암시를 주고 갔다. 첫째의 돌잔치에서는, '피는 못 속인다더니……' 하고 말했다. 아이들을 낳아놓고 치른 결혼식에서는 '친엄마가 고등학교 때부터 데모하고 다니더니 아비도 모르는 자식을 낳고 미국으로 가버렸대'라고 제법 정확한 말을 면사포 뒤에서 꺼냈다.

언니의 삶에는 그런 순간이 지워지고 없을 거라고 생각했다. 내 옆에서 뒤에서 나를 찌르며 말해지지 않으면서 말해지는 말들이. 언니에게 오면서 나는, 내가 어디에서 왔는지, 아버지가 누군지 듣고 싶었다. 그러나 이제 나는 그것이 언니와 나의 테두리 밖에서 말해지지 않길 바란다. 나는 저 여인의 딸이며, 동생이다. 우리의 상처는 낫지 않았다.

신랑의 어머니가 덕담을 이어갔다.

— 저는 아이를 임신한 채 국경을 넘었습니다. 내 아이에게 안전

을 주고 싶어서였죠. 제 아들이 결혼으로 뿌리를 내리는 이 순간에는 멕시코 인디언의 뿌리를 기억하길 바랐습니다……

신랑은 인디언의 후손이었다. 그가 세도나에 와서 결혼식을 하는 이유였다.

리플레이

─ 문이 안 열려.

　조가 소곤거렸다. 나는 어둑한 복도로 고개를 돌렸다. 복도 바닥
에는 융단처럼 폭신한 러그가 길게 깔려 있었다. 바깥의 후끈한 열
기와 상관없이 실내는 서늘했다. 조도가 낮은 조명은 쾌적함마저
느끼게 했다. 초콜릿색 문 뒤에서 여자들의 신음이 들렸다. 나란히
선 엘리베이터 문이 열려 누군가 나타날까 봐 나는 머리를 방문에
기댔다. 조는 몹시 취해 있어서 카드키를 꽂았다 뺐다 반복하며 씨
발, 씨발 욕을 했다. 줘봐, 내가 해볼게. 나는 카드키를 뺏어서 문에
꽂고 문고리를 돌렸다.

　─ 안 열려. 이거 어떻게 하는지 물어봤어?

　내가 다그치자 조는 입술을 내밀었다.

　─ 여긴 너무 고급이야. 카운터에 내려갔다 올게.

조가 투덜거리면서 엘리베이터를 타고 내려갔다. 조가 내려간 사이, 나는 도망가버릴까 망설였다. 돌 지난 셋째의 얼굴이 눈앞에서 아른거렸다. 셋째는 이제 막 걸음마를 시작해 아장아장 걸어서 내게 오곤 했다. 눈동자에 함박웃음이 맺혀 있었다. 살짝 벌어진 입술에서는 깨끗하고 달콤한 침이 흘렀다. 찌찌, 엄마 찌찌. 셋째는 젖을 뗀 후 내 가슴을 보며 입맛을 다시곤 했다. 그때마다 나는 팔짱을 껴 가슴을 가렸다. 비상계단이 어디 있을까. 두리번거리는 사이 엘리베이터 문이 열렸다. 나는 방문에 고개를 처박았다. 302호. 호수의 숫자가 뚜렷하게 뇌리에 새겨졌다. 줄줄이 선 문 뒤에서 여자들의 신음이 넘어왔다. 자극적이지 않고 어쩐지 음산했다. 양손으로 얼굴을 가리고 눈을 돌렸다. 중얼거리면서 복도 끝으로 가는 남자의 신발이 눈에 잡혔다. 조였다. 만취해 방을 못 찾고 돌아다니고 있었다.

— 여기야, 조.

침대 위에 누운 조를 봤다. 조는 고깃덩어리였다. 실오라기 하나 걸치지 않은 몸에 음모만 새까맸다. 음모 속에 손가락처럼 가느다란 성기가 쪼그라들어 있었다. 조의 몸은 처음 봤을 때보다 20킬로그램 정도 더 부풀어 있었다. 덩치만 커졌지 조의 그것은 예나 지금이나 소년의 것처럼 가늘었다. 내 속에서 은밀하게 들끓던 욕망이 조의 벗은 몸을 보자마자 식어버렸다. 살 때문에 스트레스야. 조 자신이 한 말이었다. 허연 살덩어리가 천장에 설치된 거울에 비쳤다.

성욕이 사라진 조의 몸에 남은 것은 취기와 살덩이뿐이었다. 나는 서둘러 옷을 입고 양말을 찾아 신었다. 양말에 반짝이는 무언가가 붙어 있었다. 펭귄이었다. 둘째가 붙이고 놀던 스티커였다. 이게 왜 양말에 붙어 있지? 집에서 나오기 전에 둘째 아이를 안았었다. 그때 붙었을까? 스티커를 쓰레기통에 던져 넣었다. 조가 버린 콘돔 두 개가 성기처럼 축 늘어져 있었다. 조는 죽은 듯이 눈을 감고 있었다. 두툼한 조의 아랫배가 오르락내리락거렸으므로 나는 불쾌감에 인상을 찌푸리며 방을 나섰다. 방금 조의 몸을 안았던 것이 악몽 같았다. 차라리 취해 있었다면 죄책감이라도 느끼지 않았을 것을. 지저분한 화장실에 들어갔다 나온 기분이었다.

그것이 조의 마지막 모습이었다.

이틀 후 전화가 왔다.

첫째와 둘째는 유치원에 가고 없었다. 나는 셋째를 태운 유모차를 밀고 놀이터에 나가 있었다.

— 여기 ○○경찰서 형사과입니다. 조 씨를 아십니까?

두툼한 먹구름이 낮게 내려와 있었다. 수풀처럼 우거진 가로수들이 스산하게 흔들렸다. 곧 비가 시작될 것 같은 날이었다. 나는 안다고도 모른다고도 대답하지 않았다.

— 조 씨가 이틀 전 모텔에서 시체로 발견됐습니다. 정확한 사인을 밝히기 위해 조사 중입니다. 마지막으로 통화하고 만난 사람이

김윤아 씨로 확인됩니다. 협조 부탁드립니다. 경찰서로 나오셔야 할 것 같습니다.

나는 손을 떠느라 제대로 대꾸하지 못했다. 조가 죽었다고? 왜? 잠에서 깬 아이가 앙, 울음을 터트렸다.

— 죄송합니다. 아이가 울어서요. 저는 모르는 일입니다.

휴대폰을 끊으려는 내 귀에 여유로운 목소리가 들렸다.

— 베이지색 핫팬츠에 흰 블라우스를 입고 계셨죠? 머리는 단발 파마머리고요. CCTV에 찍혀 있습니다.

뒤통수를 한 대 얻어맞은 기분이었다. 죄를 지었으면 벌을 받아야지, 식의 조롱을 내뱉듯 전화기에서 말이 이어졌다. 형사과로 나오셔야겠습니다. 나는 이틀 전 내 차림새를 그려봤다. 셋째가 더 크게 울었다. 손에 든 휴대폰을 우는 아이 쪽에 대고 있다가 입을 뗐다. 조금 이따가 전화할게요. 유모차를 밀며 주위를 둘러봤다. 내가 발을 딛고 있는 곳은 신도시 아파트의 놀이터였다. 신도시라지만 생긴 지 20년 가까이 돼 건물은 노후했다. 페인트칠을 새로 하고 세련된 이름으로 바꿨다지만 구석구석 낡은 데가 드러났다. 그럼에도 지하철역과 백화점, 대형마트, 학원과 학군, 공원 같은 인프라가 구축돼 있고 강남과도 가깝다는 이유로 터무니없는 가격대였다. 내 머리 위로는 20년 동안 굳세게 자란 플라타너스가 울창하게 버티고 있어 그늘이 졌다. 나는 유모차를 흔들어 아이를 재우려 했다. 모처럼의 평온한 오후를 깨는 전화였다. 결혼생활 7년 동안, 딱 한 번

뿐이었다. 아무도 모를 거라고 생각했다. 아이는 얼굴이 시뻘게지도록 울어댔다. 집에 돌아가려고 유모차를 밀고 놀이터를 빠져나왔다. 놀이터 입구에 설치된 카메라가 보였다. 나는 그 앞에 서서 고개를 들었다. 나와 아이의 모습을 꽉 붙잡듯 우리를 노려보고 있었다. 고개를 돌리자 아파트 현관 입구에 당연한 듯이 카메라 두 대가 설치돼 있었다. 놀이터 입구에 한 개, 앉아서 잠시 쉬는 벤치에 한 개, 아파트 입구에 두 개. 하물며 쓰레기 분리수거하는 곳에도 여지없이 자리 잡고 있었다. 사방에 설치된 카메라를 나는 한 번도 의식한 적이 없었다. 한기가 등줄기를 타고 내려왔다.

신도시는 조와 함께 살았다면 꿈꿀 수 없는 곳이었다. 내가 겨우 한쪽 발을 걸치고 있는 현실은 조와는 멀었다. 조는 시나리오 작가 지망생이었다. 영화사에 근무하며 10년 전에도 지금도 시나리오를 썼다. 글을 쓰는 남자와 여자는 같이 자기는 쉬워도 같이 살기는 어려운 법이다. 나는 글보다 아파트를 택했고 열심히 아이를 낳았다. 조를 만나지 말았어야 했다.

조와 나는 결혼 후 7년 동안 단 한 번도 만나지 않았다. 내가 조를 버리고 맞선을 봐서 결혼한 것에 대해 조는 침묵했다. 조는 내가 정신을 저버렸다고 속물 취급을 하는 듯했다. 그러나 새벽이면 술 취한 조의 메시지가 날아왔다. 화가가 사랑을 담아 애인의 누드화를 그리듯 조는 나와의 사랑을 시나리오에 묘사했다. 새벽의 메시지에는 그때 썼던 내용이 적혀 있었다. 눈에 뭐가 씌었을 때는 낭만적으로 보이던 스토리가 현실에 눈뜨고 나니 치기로 얼룩진 낙서였다. 나는 조의 메시지를 받지 않으려고 새벽이면 휴대폰을 꾹, 눌러서 껐다. 그때처럼 두려움에 떨며 휴대폰 종료 버튼을 눌렀다.

젖살이 보송보송한 셋째는 거실에 내려놓으니 뒤뚱거리며 돌아다녔다. 첫째와 둘째가 오기 전에 저녁을 지어야 했다. 나는 잡생각을 떨치려고 믹싱볼을 꺼내 쌀통으로 갔다. 남편은 건강을 생각해 현미밥을 먹었다. 현미는 찹쌀과 멥쌀을 반씩 섞어 물에 불려놓으면 부드러운 밥이 된다. 나란히 놓인 쌀통에서 현미를 퍼내 물에 게워 씻었다. 양상추와 당근, 파프리카를 씻어 샐러드 재료를 만들었다. 현미밥과 채소 위주의 식단. 남편이 즐기는 밥상이었다. 거기에 생선한 토막을 구워내고 견과류를 곁들이면 만족스럽게 숟가락을 드는 남편이었다. 삼겹살과 소주를 즐기는 조와는 반대였다. 그래서 조의 몸은 풍선처럼 부풀고 남편의 몸은 체중이 일정하게 유지되는지도 모른다. 남편은 혈압도 혈당도 걱정 없이 오래 살 것이다. 벌써 죽은 조의 몸이, 마지막 보았던 살덩어리가 생각나 몸을 떨었다. 분명 내가 방을 나설 때는 숨을 쉬고 있었다. 조가 나를 더듬던 손길이 떠올랐다.

아파, 세게 쥐지 마. 멍들면 안 돼. 조는 말라비틀어진 내 젖꼭지를 세차게 빤 다음 손으로 쥐었다. 콘돔 껴. 나 임신 잘 되는 거 알지? 내 말에 조는 멀뚱멀뚱한 표정을 짓더니 한 손을 더듬어 콘돔을 찾았다. 다음 순간 조의 손이 아랫도리를 파고들었다. 조는 7년 전처럼 거칠고 어설펐다. 나는 몸을 씻으려고 일어섰다. 실내는 낮은 조명으로 어두웠다. 다행이었다. 아이를 셋 낳고 기른 자국이 아랫배며 가슴에 선명하게 남아 있었다. 임신할 때마다 배는 부풀고 살이 터졌다. 젖을 먹이고 떼고 나면 젖꼭지는 축 처졌다. 그것을 세 번 반복하고 나니 뱃가죽이 흐물거렸다. 밥을 많이 먹으면 배는 주체할 수 없이 나왔다가 늘어졌다 했다. 낯선 남자의 손을 탈 일이 없다는 것이 유일한 위안이었다. 나는 아랫배 가릴 것을 찾아 두리번거렸다.

침대 옆에는 컴퓨터가 있었고 침대 발치에는 벽걸이 텔레비전이 있었다. 인터넷이 되나 보군. 나는 촌스럽게 중얼거리며 샤워부스로 갔다. 방 안은 벽을 사이에 두고 침대와 침대만 한 대형 욕조가 나란히 있었다. 변기와 샤워부스가 유리문 안에 있는 것에 비해 욕조는 노골적으로 드러나 있어, 이 안에서 좀 해봐? 라고 말하는 것 같았다. 욕조 안에는 자동 안마기가 설치돼 있었다. 도대체 이 방에 침대 말고 이딴 게 왜 필요할까? 내 중얼거림을 듣고 조가 대꾸했다. 욕조 안에서 해보라는 거지. 한번 해볼까? 술 취해 눈도 못 뜨는 조가 낄낄 웃었다. 안마기 말이야. 이런 건 찜질방에나 어울리지. 이거 만든 사람 취향이 궁금하네. 나는 대답을 기대하지 않고 말했다. 안마 받고 싶네. 안마하면서 해볼까? 조가 또다시 낄낄댔다. 방에 들어서자마자 조가 틀어놨던 물이 욕조에 쏟아지고 있었다. 과거의 조와 내가 한 번도 가보지 못한 모텔 풍경이었다. 나는 샤워부스에 발을 들였다. 나는 몸에 묻은 조의 냄새를 지워냈다.

지난 19일 서울의 한 모텔에서 30대 중반의 남성이 시신으로 발견되었습니다. 정확한 사인을 파악하기 위해 부검을 실시할 예정입니다. 경찰은 사건 직후 모텔을 빠져나간 30대 중반 여성을 추적하고 있습니다.

뉴스는 간략하게 지나갔다. 화면에 내 모습이 희미하게 보였다. 얼굴은 모자이크 처리돼 있지만, 몸은 그대로 노출됐다. 모텔 방에 들어가기 전, 복도에서 서성이던 모습이었다. 남편은 샐러드 접시에 있는 파프리카를 집고 있었다. 남편과 아이들은 부엌 식탁에서 밥을 먹는 중이었다.

— 맘, 베비 좀 봐요.

첫째가 셋째를 가리키며 나를 불렀다. 나는 그제야 정신을 가다듬고 행주를 찾았다.

남편과 아이들은 열한 시가 되기 전에 잠이 들었다. 남편의 하루는 정직하게 흘렀다. 채소와 현미밥, 견과류를 먹고 출근해 하루를 보냈다. 퇴근해 집에 돌아와서는 저녁을 먹은 후 아이들과 놀아주고 잠이 들었다. 열두 시를 넘기는 날은 드물었다. 의사인 남편은 병원 환자들에게 현미밥과 채식을 권했고 약물남용은 해가 된다고 말했다. 잘 듣는 약을 찾아온 환자들은 다시 오지 않았다. 병원은 근근이 유지됐다. 우리 부부는 서로의 내면을 들여다보는 대신 텔레비전과 아이들을 보다가 정신없이 잠이 들었다. 아이들이 잠들기 전까지는 세상에 아이들 보는 일 말고 할 일이 뭐가 있을까 싶었다. 먹이고, 씻기고, 이 닦이고, 어지른 물건 정리하고. 남편과 나는 허겁지겁 아이들을 챙겼다. 아이들은 잠잘 때가 제일 예뻤다. 남편은 늘 병원 업무와 육아에 지쳐 떨어져 잠들었다.

불 꺼진 집안은 아이들이 쌕쌕 자는 소리와 냉장고 소리만 들렸다. 휴대폰을 꾹, 눌러 켰다. 문자 메시지가 들어왔다. 경찰서 형사과에서 온 것이었다. 내일 출두 바랍니다. 가슴을 콱 누르는 글자였다. 가슴이 덜컥거려 휴대폰을 껐다.

— 잠깐만 일어나봐요. 나…… 무서워요.

잠든 남편의 어깨를 흔들었다.

— 피곤해. 제발…… 제발 잠 좀 자자.

남편은 귀찮은 듯 팔을 휘젓고 돌아누웠다. 나는 입술을 물어뜯다가 서재로 갔다. 컴퓨터 전원 버튼을 누르며 문득 외로웠다.

— 아기를 데리고 오면 어떻게 합니까? 그것도 돌쟁이를. 애한테 창피하지도 않습니까? 나 이거야 원, 개념 상실한 아줌마시네.

베이비 캐리어가 어깨를 짓눌렀다. 나는 일부러 셋째를 앞에 달고 경찰서에 왔다. 형사의 고함에 셋째가 눈을 떠 두리번거렸다.

— 애를 맡길 데가 없어서요.

아기 엉덩이를 추켜올리며 대꾸했다. 셋째를 맡기려면 아이돌보미를 부르면 된다. 돌쟁이가 있으면 심하게 못 하겠지. 내 바람이었고 그 순간 아기는 방패막이었다. 부끄러움보다 아기에 대한 동정심을 이용하려 했다. 밤새 잠 못 들고 생각해낸 묘안이 이것밖에 없었다. 세상이 어떻게 돌아가든, 누가 죽었든 나는 세 아이의 엄마이니 나를 내버려두라는 항의를 하고 싶었다.

— 애엄마가 불륜한 게 자랑이오? 사고사라는 거 밝혀졌으니까, 참고인이라는 거요. 그렇지 않으면 용의자로 구금될 판인데 다행인 줄 아시오.

형사가 불퉁스럽게 말했다. 아이가 울음을 터트렸다. 소란스럽던 경찰서 안이 일순간 잠잠해지면서 모두의 시선이 나한테 쏠렸다. 나는 손으로 얼굴을 가렸다. 셋째를 데려간 것은 오히려 역효과였다. 형사가 여경을 불렀다. 셋째는 여경한테 안기면서 숨넘어가게 울었다.

— 요즘 엄마들은 무서운 게 없어. 자식 생각하면 저러면 안 되는 거지. 참 나, 애한테 뭔 좋은 꼴 보인다고 데리고 와.

옆에서 다른 형사가 투덜거렸다. 셋째를 안은 여경은 인상을 찌푸리며 경찰서 밖으로 나갔다. 아기를 뺏긴 것처럼 가슴이 허전했다.

— 빨리 끝냅시다. 어제 일은 고의가 아니었습니다. 기자 하나가 냄새를 맡아서 사건을 키웠죠. 입장이 난처해졌다면 뭐, 어쩔 수 없

죠. 사실, 모든 증거가 김윤아 씨를 가리키고 있었습니다. 아시죠? 콘돔에 묻은 체액과 침대에 널려 있는 머리카락은 유전자 검사하면 금방 나오죠. 하물며 아들 건지 딸 건지, 뽀로로 스티커에까지 지문이 찍혀 있더군요. 그런 걸 왜 모텔까지 달고 왔는지 어이가 없었죠.

형사는 사진을 내 앞에 나열했다. 고깃집 카운터에서 계산을 하던 나와 조. 오카메라는 일본술집에서 정종을 마신 후의 나와 조. 모텔에 들어가기 전 길목에서 서로에게 기대던 나와 조. 모텔 카운터 앞에서 머뭇거리는 나와 조. 그리고 뉴스에 나왔던 모텔 복도에서의 나와 조. 사진 속 나는 희미한데 분명 나였다. 나는 내 걸음걸이가 찍힌 사진을 보며 내가 가장 유력한 용의자였다는 것을 깨달았다. 아파트 숲 구석에 있는지 없는지도 모르게 숨어 살던 내가 화면에는 뚜렷하게 잡혀 있었다. 나는 미리 설치된 함정에 걸려든 기분이었다.

— 제가 죽이지 않았어요. 제가 나올 때 조는 자고 있었어요. 제발, 부탁이에요. 남편한테 알리지 말아주세요.

형사의 눈이 조소로 가늘어졌다. 그는 이 정신머리 없는 아줌마를 어떻게 처분할까, 하는 자신만만한 얼굴이었다.

— 좀 전에도 말했지만, 조 씨는 사고사였어요. 조 씨는 욕조에 죽어 있었습니다. 감전사예요. 욕조 안에 설치된 안마기 전선이 노출돼 있었어요. 안마기를 켜자마자 감전된 겁니다. 설치만 해놨지, 거의 사용하지 않아서 낡아 있었어요. 물에 자주 잠기는 전선이 부식

된 거죠. 남들 안 하는 짓은 하지 말아야지. 모텔에서 안마기 사용하는 사람이 어디 있습니까? 김윤아 씨가 같이 있었으면 바로 119를 불렀을 테니까 죽지 않았을 수도 있겠죠. 아니면 둘 다 죽었을 수도 있고요.

나는 발가벗은 조와 내가 둥둥 떠 있는 욕조를 상상했다. 터지도록 살이 찐 조와 뱃가죽이 추하게 늘어진 나, 늘어진 젖가슴, 물풀처럼 흔들리는 두 사람의 음모, 풀린 눈.

형사가 조의 사진을 내 앞에 내밀었다. 풍선처럼 부푼 조의 몸이 물 위에 둥둥 떠 있었다. 조는 내가 마지막에 본 모습처럼 나체였다. 그러나 조의 얼굴은 내 상상과 달랐다. 조는 요람에 누운 아기처럼 착하디착한 얼굴이었다. 거대한 욕조는 아기 침대로 보였다. 나는 내 눈을 의심해 사진을 자세히 들여다보고 형사의 얼굴을 봤다. 젊은 사람이 안 됐지, 싶은 표정이 형사의 눈에 들어 있었다. 그날 조가 틀어놨던 물소리가 내 귀에 쏴쏴, 들렸다.

— 비가 오는군요.

형사가 고개를 돌려 창밖을 봤다. 폭우가 내렸다.

— 조와는 결혼하고 한 번도 만나지 않았어요. 조가 당선됐다는 소식이 들렸어요. 조는 시나리오를 썼었는데, 당선됐다고 동기들이 알려왔죠. 조가 당선 축하 겸 만나자고 했어요. 그날 조와 만나서 삼겹살에 소주를 한잔 먹고, 오카메로 갔어요. 정종을 마셨는데, 제가 그 맛이 싫다고 하니까 조가 다 마셨어요.

— 조 씨와 만나지는 않았지만, 인터넷으로 가끔 연락했다는 것을 알고 있습니다.

형사는 발뺌하지 말라는 식으로 말했다.

— 네, SNS로 대화를 주고받았어요. 조의 인스타도 가끔 봤고요.

조의 당선 소식을 알린 것은 동기들이 아니었다. 조였다. 조는 대형 영화사는 아니지만, 그래도 10년 만에 어디냐고 잔뜩 들떠 있었다. 나는 그간 조가 썼던 시나리오를 모두 읽었다는 말을 하지 않았다. 시나리오는 조의 클라우드에 있었다. 나는 조의 비밀번호를 알고 있었다. 조의 시나리오는 점점 달라졌다. 개연성이 떨어지지도 않았고 말도 안 되는 설정에서 벗어났다. 더 이상 그 누구의 아류도 아니었다. 스토리는 단단하고 풍부해졌다. 나는 진심으로 조의 시나리오가 부러웠다. 내가 평범하고 안온한 생활에 정신을 판 사이, 조의 세계는 자라고 있었다. 과거에 영화 시나리오 작가는 내 꿈이었다. 클라우드 속 조의 잘 쓴 시나리오는 현재의 내 꿈 같았다. 나는 밤마다 조의 인스타그램과 클라우드를 탐했다. 올려놓은 작품을 읽고 또 읽으며, 소란스럽지만 공허한 내 하루를 정리했다. 시나리오 한 편을 읽고 나면 머릿속이 스토리로 꽉 찼다. 시나리오 작가가 된 조는 어떤 모습일까.

삼겹살과 김치, 떡, 버섯, 마늘이 비스듬한 불판에서 익어갔다. 조는 내 눈을 쳐다보지 못하고 얼굴을 붉혔다. 나는 내가 세 번씩이나 다리를 벌리고 산고를 겪었던 걸 까맣게 잊었다. 조와 이렇게 살아도 좋았을 텐데. 같이 술을 마시고 영화 이야기를 하면서.

— 나 월급 많이 받아. 내가 당선되고 영화 일까지 맡으면서 스케일이 달라졌거든.

조는 월급이 얼마라는 것까지 이야기했고 거들먹거리면서 대학 동기들의 형편없는 월급을 깔봤다. 그때부터 아무리 술을 마셔도 취하지 않았다. 학교 다닐 때, 조의 정신적 멘토였던 선배가 있었다. 선배는 사업하다가 어려워져 조에게 자주 온다고 했다. 담배를 사달라고, 술을 사달라고, 밥을 사달라고. 조는 자신이 그 선배한테 어떤 모욕감을 줘서 어떻게 쫓아버렸는지 자랑스럽게 말했다. 조금씩 식어가는 삼겹살처럼 조가 혐오스러워졌다.

— 나 돈도 많이 모았어. 시나리오 작가로 등단한 것도 작품으로 영화를 만든다기보다 연봉을 더 주니까 한 거야. 우리 술 실컷 마시고 쉬다 갈까? 직장에서 내가 직급이 높잖아. 술 마시면 끼리끼리다 자. 여직원들도 완전 내 밥이지.

조는 슬며시 다가와 내 허벅지를 꼬집었다. 나는 아프게 깨달았다. 내가 정신을 안온함에 팔았다면 조의 정신은 아주 부서지고 깨진 것이다. 조는 계속 내 잔에 술을 따라줬다. 나는 오랜만에 마신 술에 머릿속이 어지럽고 혼란스러웠다.

오카메에서도 조는 내 환상을 갈가리 찢어놓았다. '오카메'라는 이름에 걸맞게 실내에는 볼이 볼록한 일본 탈들이 잔뜩 걸려 있었다. 나는 허연 탈바가지를 물끄러미 바라봤다. 분칠한 게이샤를 우습게 묘사해놓은 듯했다. 조의 얼굴이 우스꽝스러운 오카메처럼 보였다. 한 편의 영화에 대한 끝없는 갈망, 어떻게 하면 더 완벽한 스토리를 쓸까 고심하며 잠 못 이루던 조는 사라지고 없었다. 배고픔도 잊고 작품에 몰두하던 아름다운 조는 어디 갔을까. 조는 주식투자와 재테크 이야기를 했다. 주식해서 돈을 날린 이야기를 허풍을 섞어가며 하던 조는 나에게 나가자고 신호를 보냈다. 내가 신도시 아파트 숲에 숨어 존재감을 지웠듯 조는 연봉과 주식에 자신을 지워가고 있었다. 나는 지치고 피곤하고 허탈했다. 조는 어느 틈에 내 옆자리에 앉아 내 가랑이 사이에 손을 집어넣고 있었다. 오카메의 실내는 어두웠다. 시끄럽게 떠드는 남자들이 뒷자리에 앉아 있었지만, 다행인 것은 내가 무슨 짓을 해도 나를 모를 거라는 사실이었다.

— 주식 오른 거 알지? 이번에 크게 투자할 건데.

돈, 돈, 거리며 계속 지껄이는 조의 입을 막아버리고 싶었다. 나는 진한 키스를 했고 조는 그것이 신호라고 생각했는지 나를 끌고 밖으로 나갔다.

그사이에, 끝없이, 끝없이, 우리는 찍히고 있었구나.

— 다시 말하지만, 조가 먼저 만나자고 연락을 했어요. 뭐, 이름도 없는 공모전에 당선됐다고요. 모텔은 조가 술을 먹여서 억지로 데리고 갔어요. 아시잖아요. 전 아이가 셋인 엄마예요. 취하지 않았다

면 절대 가지 않았을 거예요.

형사는 흥흥, 웃었다.

— 뭐, 자료에는 억지로 끌려다닌 흔적은 없네요. 좀 취해 보이기는 하군요. 그렇다고 죽은 사람을 강간범으로 고소할 수는 없으니. 조 씨는 김윤아 씨가 나간 후 바로 죽지 않았어요. CCTV에 찍힌, 김윤아 씨가 나간 시간만 봤다면, 우리는 김윤아 씨를 용의자로 잡아들였을 겁니다. 조 씨는 김윤아 씨가 나가고 두 시간 후에 카운터에 전화를 걸어 모닝콜을 부탁했습니다. 그래서 김윤아 씨의 알리바이는 완벽한 겁니다.

형사는 아쉬운 표정을 지었다. 여경이 셋째를 데려왔다. 아이는 너무 울어서 눈이 시뻘게져 있었다. 여경은 나한테 셋째를 던지듯 안겨주었다. 경찰서 안의 시선이 다시 나한테 쏠렸다. 폭우는 그칠 줄 모르고 쏟아졌다. 셋째는 내 가슴팍을 파고들었다.

— 배고픈가봐요.

여경이 지친 얼굴로 내게 말했다.

— 빨리 좀 끝내요. 어차피 사건 종결됐잖아요. 팔이 빠질 것 같아요. 비는 또 왜 이렇게 지독하게 내리는 거야?

여경은 두 손을 털고 어깨를 두드렸다. 형사는 나를 데리고 조용한 장소로 갔다. 나는 다른 사람을 돌아볼 사이 없이 따라갔다. 가방에서 우유병과 보온병을 꺼내 분유를 탔다. 형사는 내 행동을 지켜보며 조금 실망한 눈빛이었다. 젖을 먹일 줄 알았는데, 하는 표정으로 내 가슴에 시선을 주었다. 아이한테 우유병을 물리면서 고개를 들었다. 동그란 카메라의 눈이 비스듬히 열린 문으로 보였다. 사방에, 정말 사방에서 나는 끝없이 찍히고 있었다. 저것도 언젠가는 증거가 될까.

— 조 씨가 주식에 투자해 빚을 졌던데, 돈 이야기는 안 하던가요? 젊은 사람이 뭔 떼돈을 벌고 싶었는지 도박에도 손을 댔던 것 같고. 집에 아픈 사람도 없고, 먹여 살릴 처자식도 없는 사람이 욕심이 과했더군요.

나는 오카메에서 조가 했던 말이 떠올랐지만 입을 다물었다.

— 내 아줌마 생각해서 하는 말이니 잘 들어요. 사는 게 그래요. 과거에 못 맺은 인연 때문에 안달해봤자 소용없는 거요. 열심히 자식 낳고 만들어온 인생, 자기 거 지키는 것도 잘사는 거요.

베이비 캐리어에 안긴 아기는 잠이 들었다. 낯선 곳에서 엄마랑 떨어져 지치도록 운 아이가 안쓰러웠다. 가슴에 안긴 아기의 숨소리가 빗속에서 또렷이 느껴졌다. 머리 받침대를 올려 아기 머리를 감싸줬다. 비가 우산을 뚫을 듯 쏟아졌다. 집중호우였다. 내 발은 물속에 푹 잠겨 있었다. 종아리까지 올라온 물은 탁한 황토색이었다. 도시 한복판이 물에 잠겨 있다는 사실은 믿을 수 없는 일이었다. 자동차들은 찰랑거리는 물 위를 둥둥 떠다니는 것처럼 보였다. 택시 앱을 열었지만 배차되는 차가 없었다. 집으로 돌아가지 않고 길을 되짚어 돌아다닌 것이 후회스러웠다. 우산을 살짝 들어 앞쪽을 봤다. 카메라가 가로수에 숨겨지듯 설치돼 있었다. 내가 오늘 센 카메라의 숫자는 80개가 넘었다. 어쩌면 내가 놓친 것이 더 많을 수도 있었다. 우산으로 가리며 세던 카메라를 올려다봤다.

30분 전에 경찰서를 나선 나는 그날 조와 나의 동선을 따라 움직였다. 집에서 출발할 때부터 셌던 카메라에 모텔로 향하는 길에서 본 카메라의 숫자를 더했다. 삼겹살집이 있던 곳과 모텔이 위치한 곳, 오카메는 내가 처음 가본 곳이었다. 나는 머릿속에 그날의 길을 그렸다. 지하철역 계단을 숨 가쁘게 올라와 두리번거리던 2번 출구, 거기서 조를 만나 대학을 끼고 돌았다. 빌딩 사이를 지나면서 불었던 여름밤의 바람과 길거리 음식점의 호객행위, 그 많은 음식점을 지나서 가장 구석에 위치한 삼겹살집. 여기가 맛집이래. 검색해봤거든. 조의 말이 떠올랐다. 저기서 한잔 더 하자. 일본술집이니 정종을 마시면 되겠네. 나는 조가 했던 말을 되뇌며 붉은 등이 걸린 술집을 올려다봤다. 3층이었다. 그리고 또 빌딩을 돌고 돌아 모텔들이 궁전처럼 서 있던 곳. 내가 택시 탔던 곳까지 걸어 나오니 도시가 물바다였다. 수없이 찍힌 내 모습이 물 위에 비쳤다. 무거운 짐을 안은 듯 아기가 달려 있었다. 나는 내내 가리고 다니던 우산을 치웠다. 내가 숨어도 어딘가 다른 곳의 카메라가 나를 찍을 것이다. 바닥이 물에 잠긴 길을 찍고 그 위를 힘겹게 걷는 여자를 찍을 것이다.

우산을 치우고 자세히 보니 CCTV가 한 대만 설치된 게 아니었다.

가로등처럼 생긴 지주에 자그마치 여섯 대의 카메라가 설치돼 있었다. 이곳에 뭐가 있는데 이렇게 많을까. 나는 거리를 둘러봤다. 특별할 게 없는 인도의 교차로였다. 나를 보고 있는 카메라는 넉 대였다. 그것은 네 개의 눈처럼 보였다. 한 개의 눈 속에는 죽은 조가 있었다. 대형 욕조 안에서 착하디착한 얼굴로 흔들렸다. 안마 받고 싶네. 안마하면서 해볼까? 낄낄. 조의 웃음소리가 들렸다. 또 한 개의 카메라 속에는 내 뒷모습이 있었다. 모텔을 나서면서 죄책감과 수치심에 몸을 떠는 내 어깨가 찍혔다. 카메라는 내가 나간 시간을 정확히 기록했다. 그것은 형사의 말처럼 중요한 사실이었다. 두 시간 후에 조가 카운터로 전화를 할 것이니까. 그사이 카메라는 모텔을 드나드는 사람들을 끝없이 찍었다. 조가 카운터에 전화하고 죽은 시간, 다음 날 직원이 모닝콜을 해도 반응이 없자 방으로 찾아온 시간을 카메라는 기록했다. 형사들이 달려오는 모습, 조의 나체를 찍어대는 또 다른 카메라의 등장까지 면밀히 찍었다. 그것들은 모두 내가 살인범이 아님을 증명하고 있는 자료였다. 또 한 개의 카메라 속에서 나는 형사 앞에 앉아 떨고 있었다.

— 저는 정말 죽이지 않았어요.

형사가 조의 사고사에 대해 말하기 전이었다. 그 순간 CCTV는 나의 구차함을 드러내는 증거였다. 나는 마지막 한 대의 카메라에 시선을 고정했다. 형사 앞에 앉아 있는 내가 보였다. 형사는 내 뒷모습을 기록한 카메라에 대해 말해주었다.

— 조 씨가 죽기 전에, 당신이 나간 것을 CCTV가 기록했기에, 당신의 알리바이는 완벽한 겁니다.

그때 마지막 카메라는 내 얼굴에 번지는 안도와 한숨을 모른 척해 주었다. 세 아이의 엄마로 돌아가 아무 일도 없었던 것처럼 시치미를 뚝 떼고 살아갈 길이 열린 것이었다. 가슴을 쓸어내리던 순간이었다. 나는 폭우 속에서 넉 대의 카메라에 내 얼굴을 또렷이 각인시켰다.

나는 가로수를 지나 몇 걸음 걸었다. 잠시 뒤돌아보자 내가 올려다보지 않았던 카메라 두 대가 보였다. 그것은 두 개의 눈이 되어, 조와 걸었던 길을 다시 걸으며 내내 슬퍼하던 내 뒷모습을 바라보고 있었다.

형사의 전화를 받은 밤, 조의 인스타그램을 봤다. 조의 마지막 글이 올라와 있었다.

— 너는 여전히 붉었고 너는 또다시 나를 버리고 갔다.

그 글을 읽었을 때 묘한 쾌감이 들었다. 죽기 전까지 나를 잊지 않았구나. 씩, 웃음이 나오면서 외로움이 가셨다.

휴대폰이 울렸다. 첫째와 둘째가 다니는 유치원이었다. 집중호우로 아이들을 일찍 귀가시킨다는 전화였다. 어떻게 해야 집에 빨리 돌아갈 수 있을까. 밥할 쌀도 불려놓지 않았는데. 나는 길을 좌우로 둘러봤다. 넋을 잃고 카메라를 올려다보는 동안 도로가 강으로 변해 있었다. 갈 길이 막막했다. 나는 허방을 밟듯 빠져드는 발에 힘을

주고 폐쇄회로 밀림을 향해 당당히 걸음을 옮겼다. 걸음걸음마다
수천 개의 내가 재생되고 있었다.

햄버거가 되기 위하여

IMF가 터진 해에 나는 스무 살이면서 열여덟 살이었다. 주민등록상 나이는 열여덟 살이었고 실제 나이는 스무 살이었다. 나는 편의점에서 담배도 술도 살 수 없었지만 천진난만한 나이답게 노량진에 있었다. 외환위기로 국가부도가 눈앞에 닥친 그 시점, 가장들은 실직하고 가정이 붕괴되어 집을 잃고 노숙자가 되어 거리로 나앉았다. 그러나 나는 이미 오래전에 아버지가 돌아가시고 안 계셨으며, 집도 없었고, 내 밥은 내가 벌어서 먹어야 했기에 그리 큰 타격을 입지 않았다. 단지 지갑을 열 때마다 초조했다. 다음 날을 생각하면 숨이 찼고 견딜 수 없는 허기가 달려들었다. 나를 구원해줄 수 있는 것은 상상 속에 소환된 미래의 나와 타인을 향한 상냥한 미소밖에 없었다.

나는 매일 노량진으로 향했다. 노량진은 나에게 거대한 햄버거였다. 사람들은 두 개의 빵 사이에 끼워진 패티였다. 하늘이라는 빵과 땅이라는 빵 사이에서 사람들은 쏟아져 나와 끊임없이 돌아다녔다. 지하철에서, 학원에서. 나는 매일 저녁 어디론가 향하는 사람들을 보면서 불고기버거세트를 먹었다. 자그마치 세트였다. 뭉클어진 양상추와 달짝지근한 소스가 혀를 감싸고 돌 때의 황홀함.

내가 먹고 있는 음식은, 재수학원에서 쏟아져 나온 학생들이 줄을 서서 먹는 포장마차의 김밥, 떡볶이, 순대, 어묵이 아니었다. 편의점의 삼각김밥과 컵라면은 더더욱 아니었다. 학생들이 한 달 치 식권을 끊어서 먹는, 수십 가지 메뉴지만 조미료 덩어리로 비슷비슷한 맛을 내는 식당밥도 아니었다. 떡을 넣거나 만두, 계란을 넣어도 같은 맛이 나는 분식집의 라면도 아니었다. 나는 한 달간 먹었던 노량진 골목식당의 속 쓰린 밥들을 떠올렸다. 밥이지만 밥이 아닌 것들, 오로지 위장을 채우기 위한 덩어리를 생각하는 것만으로 속에서 신물이 넘어왔다.

어스름이 몰려오는 노량진 하늘과 분주한 사람들의 머리통을 내려다보며 나는 한없이 우아해졌다. 뉴욕시 맨해튼 34번가 엠파이어 스테이트 빌딩에 앉아 뉴요커들을 내려다보며 식사하는 기분이랄까. 노동에 찌든 그들과는 다른 세계에 앉아 호기심으로 그들의 하루를 내려다보듯. 햄버거는 진정한 도시의 맛이었다.

"오늘 저녁에 끝나고는 못 데려다줘."

옆에 앉은 민준이 나를 현실 세계로 끌고 왔다. 노량진의 패스트푸드점 2층으로. 민준은 입안 가득 고인 침을 꿀꺽 삼키고 말했다. 감자튀김을 바라보는 민준의 눈에 숨길 수 없는 허기가 묻어 있었지만 나는 일부러 모른 척했다.

"알아. 오늘 회식 있다고?"

민준은 고개를 끄덕이고 내 머리를 쓰다듬었다.

"술 마실 거야. 넌 언제 커서 어른 될래?"

민준은 우쭐해져 말했다. 나는 주민등록증상 열여덟 살인 내 나이가 부담스러웠다. 엄마는 어쩌자고 나를 2년이나 늦게 호적에 올렸을까. 그래놓고 학교는 제 나이에 보냈다. 학교만 보냈나? 서울에 상경 시켰다. 시골에서 실업계 고등학교를 다니다가 고등학교 3학년 2학기에 취업을 나왔다. 호적으로 열일곱 살이었다. 언니가 알아봐준 공장에 경리로 취직했지만, 은행업무도 볼 수 없는 나이라 늘 눈치를 봐야 했다. 올봄에 학교를 졸업했는데도 나는 2년을 더 기다려야 스무 살이 되는 것이다. 밥만 먹고 살기도 힘든 세상에 나이까지 따로 챙겨 먹어야 하다니.

"고기 먹겠네. 좋겠다."

남은 감자튀김을 손으로 쓸어 입에 넣는 나를 민준이 웃으며 바라봤다. 우아함이고 뭐고 고기를 생각하니 배가 반만 찬 것 같았다. 아침, 점심을 거른 빈속을 채우기에 햄버거 한 개로는 부족했다. 그나마도 민준이 사주는 것이라 세트로 먹을 수 있었다. 기지바지와 블랙셔츠를 입은 민준의 차림은 도시적이라기보다 변두리의 빈티가 묻어났다. 나는 시계를 보고 일어섰다. 일곱 시부터 재수학원 단과 수업 시작이었다.

네 시간 자면 붙고, 다섯 시간 자면 떨어진다. 알았냐?

자를 세워 손등을 때리던 종일반 물리강사의 말이 떠올라, 서둘러 문제집을 챙겨 일어섰다. 달랑 한 달 다닌 종일반에서 배운 거라고는 '네 시간 자면 붙고⋯⋯.'밖에 없었다. 영어시간에는 모르는 단어투성이라 까막눈으로 앉아 있었고, 수학시간에는 미분과 적분과 공식 때문에 울고 싶었다. 수리영역2의 과목들이 한글로 된 것에 위안을 받아야 했다. 그나마 언어영역 시간에 숨을 쉴 수 있었다. 문제집에 실린 정지용 시인의 시 「유리창」에 감동을 받았다면 재수생으로서 자격을 상실한 걸까. 진정 '외로운 황홀한 심사'였다.

첫 번째 모의고사를 본 후 재빨리 종일반을 나왔다. 세상이 마음먹은 대로 돌아가지 않는다는 것을 뼈아프게 깨달았다. 상상했던 것보다 내 머리가 훨씬 더 나쁘다는 것을 인정하고, 지원할 대학을 하향조정했다. 아니, 대학에 들어가는 게 꿈이 되어버렸다. 경리하면서 모아놓은 돈은 한 달의 종일반 수업료와 한 달 동안 세 들었던 개인 독서실 요금, 예의 조미료 덩어리의 식대, 과목별 문제집값(문제집만 한 박스로 이걸 다 보면 내가 서울대도 가겠다 싶게 많았다) 등으로 바닥을 드러냈다. 언니는 내가 경리를 그만두고 재수학원에 등록한다고 하자 나를 집에서 쫓아냈다. 나는 남은 돈으로 방 한 칸을 빌려주는 곳에 세를 얻었다. 그러자 통장에 딱, 한 달 치 생활비만 남았다.

대학 가서 성공해야겠다는 불굴의 의지가 펄펄 솟구쳤다.

나는 낮에는 일하고 저녁에는 단과반을 다니면서 공부해야겠다고 마음먹었다. 노량진 독서실에서 짐을 챙겨 나올 때, 종일반에 다니면서 재수, 삼수하는 학생들이 부러웠다. 대학을 가서 뭐가 되어야겠다는 생각보다, 이 학생처럼, 혹은 저 학생처럼 평범해지고 싶었다. 대학 가는 게 꿈이 아니라, 종일반 재수생이 되는 게 꿈이라니. 정말, 이렇게 소박해져도 나는 이 도시에서 살아남을 수 있을까.

추리닝 차림에 삼색슬리퍼를 끌고 다니는 재수생들을 지나고, 떡볶이에 튀김과 순대까지 비벼 파는 포장마차를 지나, 학원에 발을 들였다. 대부분 직장에 출근했다가 퇴근 후 학원에 다니는 사람들로, 전문대학에라도 들어가는 게 소원인 수강생들이 앉아 있었다. 일곱 시부터 열 시까지 하루 세 시간 수업으로, 5일 동안 과목이 바뀌는 시간표였다. 피로에 지친 사람들은 서로 말을 하지 않았다. 그들의 입에서는 구취가 풍겼고, 헐레벌떡 뛰어온 발에서는 고린내가 났다. 학구열에 불탄 중년 남자와 단순 사무직에 염증이 난 30대 여자, 종일반 수업을 받고도 부족해서 단과 수업에까지 와서 앉아 있는 삼수생, 여드름 자국이 남아 있는 상고 학생, 야간 대학을 준비하는 은행원, 오로지 대학 가는 게 꿈인 나까지. 다양한 사연만큼 골고루 흘린 땀 냄새가 섞여 강의실을 채웠다. 그들은 눈이 충혈된 채 필기를 했다. 강사는 칠판의 맨 위에서부터 아래까지 연대로 정리된

표를 만들었다. 부족이 형성되었다가 나라가 세워지고, 누군가 난을 일으키고, 패망하고, 왕이 죽고, 전쟁이 일어나고……. 강사는 기특하게 한 표에 몰아넣고 다 외우라고 했다. 그리고 문제집을 풀자고. 문제를 풀면서 이야기하자고. 콜라를 너무 마셨나? 자꾸 화장실에 가고 싶어서 방광이 터질 것 같았다.

지하철역에서 나와 길을 걸었다. 광장을 지나는데 한 남자가 쫓아왔다.

"도를 아십니까?"

"몰라요."

"아가씨, 아가씨, 가방 열렸네요."

가방? 나는 친절한 '도' 아저씨의 얼굴을 처음으로 자세히 봤다. 검게 그을리고 볼이 움푹 들어가 있었다. 이렇게 지치고 배고파 보이는 얼굴로 도를 전해도 될까. 나는 등에 멘 가방을 끌어내렸다. 가방은 복주머니처럼 입구를 동여매는 것이었다. 문제집과 필통은 있었고 지갑이 없었다. 나는 공연히 도 아저씨를 노려봤다.

"전생에 공주셨네요. 아주 귀한 상인데, 집안에 억울하게 죽은 조상이 있어서……."

"내 지갑, 내 지갑이 없어졌어. 아저씨가 가져갔어요?"

도 아저씨는 고개를 젓고 황급히 뒤돌아서 걸었다. 지갑 안에는 지난번에 발급받은 주민등록증이 있었고, 내일 밥값이 들어 있었다. 억울하게 죽은 조상? 내가 억울해서 죽을 것 같은데 조상까지 챙겨야 돼? 무릎에서 힘이 빠졌다. 어디다 흘렸을까. 누가 가져갔나. 고작 내 지갑을. 세상에 가져갈 게 없어서. 불고기버거세트는 언제 먹긴 먹었나 싶게 배가 고팠다. 하늘이 한 뼘 내려앉았고 길이 확, 어두워져 앞이 보이지 않았다. 가로등 불빛이 고여 있는 길가 벤치에 주저앉았다. 역전 근처라 노숙자로 보이는 사람들이 길에 누워 있었다. 그래, 일부러 신분을 버린 사람도 있는 세상인데, 민증은 재발급 받으면 되지. 애써 마음을 눌렀다.

내일은 동그랑땡 싸올게.

민준이 집에 가면서 했던 말이 떠올랐다. 그래, 민준이가 있었다. 운이 좋으면 변호사가 내일 월급을 줄지도 모른다. 나는 자리를 털고 일어났다.

아파트 문에 열쇠를 꽂았다. 주인 할머니는 텔레비전을 보다가 나한테 고개를 돌렸다.

"불면증 때문에 죽겠네. 늙으면 잠도 없어진다니까. 아, 아가씨 화장실 좀 깨끗이 써. 씻고 나면 타월에 비누 묻혀서 한번 다 닦아내라고. 수챗구멍에 엉킨 머리카락 치우고."

주인 할머니가 텔레비전을 끄더니 방으로 들어갔다. 잔소리하려고 나를 기다렸다는 듯이. 나는 허기지고 허탈해서 참고 있던 울음이 터지려고 했다.

이 아파트에는 방이 세 개 있는데 주인 할머니가 하나를 사용하고 나머지 두 개는 월세를 놓았다. 내가 방 하나를 차지하고, 뭘 하는지 모르는 할아버지가 나머지 하나를 차지하고 살았다. 부엌과 냉장고는 사용 금지였다. 그러니까 이 집에서는 라면도 끓여 먹을 수 없다. 내가 이 집에 들어온 이유는 보증금이 50만 원이어서였다.

잠깐 눈을 감았다 떴는데 아침이었다. 한 시까지는 분명 문제집을 들여다보고 있었는데. 네 시간 자면 붙고……. 물리강사의 말이 빈속을 찌르르하니 훑고 갔다. 점심은 민준이가 싸온 도시락을 먹고, 저녁에는 또 불고기버거세트를 사주겠지. 불고기버거의 달짝지근한 소스를 떠올리자 기분이 좋아졌다. 그래, 민준이가 있지. 민준이가 있었어. 나는 민준이를 처음 봤을 때처럼 마음이 놓였다.

비서를 구한다는 구인광고를 보고 사무실에 찾아갔을 때, 민준과 김 실장만 텅 빈 층에 있었다. 긴 복도를 따라 사무실이 다섯 개나 있었는데, 낡은 사무집기들만 있었다. 책과 종이들이 뒹구는 곳에 먼지가 자욱하게 쌓여 있었다. 민준과 김 실장은 엘리베이터에서 내리면 바로 보이는 인포메이션 데스크에 앉아 있었다. 통화 후 면접을 보러 온다는 나를 기다리고 있었던 것이다. 나는 주춤주춤 인포메이션 데스크로 다가갔다. 민준이 나를 보고 웃자, 나는 있는 힘껏 환하게 웃으며 전날 발급받은 주민등록증을 내밀었다. 민준이

어이없어하며 더 크게 웃었다.

후에 김 실장은 나를 불러서 말했다. 대학 나온 지원자도 많았는데 너를 뽑은 이유는 민준이 그렇게 해달라고 애걸복걸해서라고. 그러니 민준에게 잘하라고. 대학도 안 나왔을 뿐만 아니라 열여덟 살밖에 안 먹은 시골뜨기인 나를, 민준은 왜?

복도 끝에 문패를 건 사무실이 있었는데, 그곳에 늙은 변호사가 있었다. 민준과 김 실장은 나를 뽑아서 그 변호사 앞에 앉혀놓고, 자신들은 아래층 사무실로 갔다. 그곳에서 뭔가 복잡한 일을 한다고 했다. 일흔이 넘은 변호사는 종일 책상에 앉아 신문 보는 일 외에 다른 일을 하지 않았다.

찬호 박. 찬호 박.

자신의 종씨라며 박찬호가 메이저리그에서 활동하는 기사를 줄곧 읽었다. 나는 낡은 타자기로 가끔 문서를 타이핑하고 종일 책상에 앉아 있었다. 변호사에게 커피를 타 주고 오지도 않는 전화를 기다리고. 아무 일 없이 심심한 변호사와 앉아 있는 것이 내 일이었다. 나는 독서실에 앉아 있는 것처럼 문제집을 펼쳐놓고 잠을 잤다. 밤에 하지 못한 공부를 하려고 했지만 끝없이 졸렸다. 꾸벅꾸벅 졸다 보면 점심시간이 되었다. 저녁 다섯 시가 되면 학원으로 달려갔다. 월급은 60만 원이었다. 20만 원은 월세, 20만 원은 단과반 학원비, 10만 원은 교통비, 10만 원은 식비였다. 10만 원으로 한 달을 먹으려면 하루에 3천 원만 써야 했다. 한 끼에 천 원. 아침은 거의 먹지 않으니까, 점심에 김밥 한 줄, 저녁에 라면을 먹으면, 하고 계산했다. 수능 볼 때까지 단과학원 다니는 동안 몇 달만 참자. 잘 굶기만 하면 이런 일이 세상에 있을까.

"나, 지갑을 잃어버렸어. 흘렸는지 지하철에서 누가 가져갔는지 잘 모르겠어."

동그랑땡을 입에 넣고 오물거리던 나는 생각나서 말했다. 나를 보던 민준의 눈이 동그래졌다. 민준은 공업고등학교를 나왔는데, 아는 사람의 소개로 아래층 사무실에서 일하게 되었다고 했다. 공고에서 뭘 배우면 사무실에서 일할 수 있을까. 궁금했지만 물어본 적은 없었다.

"돈은 얼마나 들어 있었어? 어디쯤이야?"

도시락을 허겁지겁 먹느라 나는 건성으로 대답했다. 민준은 초조해 보였다. 내가 도시락을 먹거나 햄버거를 먹을 때, 줄곧 초조한 표정이었기에 신경 쓰지 않았다.

"돈도 돈인데 민증을 잃어버렸어. 가방이 저 모양이라 누가 빼갔나봐."

민준은 내 가방을 보더니 얼굴이 어두워졌다. 우리는 비어 있는 먼지투성이 사무실 중 한 곳에 있었다. 민준은 도시락을 싸 오면 나한테 먹였다. 자신은 오후 간식을 먹으면 된다는 둥, 아침을 많이 먹어서 생각이 없다는 둥, 핑계를 댔다. 나는 무조건 믿었다. 배가 고파서였다. 눈을 뜨면 배가 고팠고 눈을 감아도 고팠고 뒤돌아서도 앞으로 걸어도 배가 고팠다. 펄펄 끓는 내 열정을 갉아먹는 유일한 괴물은 허기였다. 허기 앞에서 나는 순진해졌고 바보가 됐으며, 말이 안 되는 것도 믿어버렸다. 나를 향한 순전한 감정조차 허기를 해결하는 데 이용할 만큼 미치게 배가 고팠다.

집에 가면 얼마든지 밥을 먹을 수 있는 민준이라서, 내가 돈이 없어서, 그냥, 내가 먹는 걸 민준이가 좋아해서. 나 스스로 이유를 만들어서 합리화했다. 민준이 일이 있거나 내가 점심값이 있을 때는 라면이나 김밥을 사 먹었다.

"노량진에서 부천 사이지?"

민준이 물었다. 나는 고개를 끄덕였다. 물을 떠온다며 나갔던 민준은 자신의 가방을 들고 왔다.

"이거 메이커야. 우리 누나가 산 건데 내가 뺏어서 가지고 다녔거든. 우리 누나는 옷도 메이커만 입어. 너 가져. 비싼 거니까 잃어버리면 안 돼."

민준은 자신에 대해 이야기할 때 약간의 허세를 부렸다. 가족들은 메이커 옷만 입고, 집에 돈을 쌓아놓은 것처럼 말했다. 나는 가방을 받아 들었다. 포대자루처럼 커다랗고 까만 크로스백이었다.

"오늘은 가볼 데가 있어. 학원 못 데려다주겠네."

민준의 말에 나는 입을 내밀었다. 오늘은 불고기버거세트를 못 사주겠다, 는 말로 들렸다. 민준을 봤다. 민준의 눈이 묘하게 일렁였는데 분노가 섞인 어두운 눈빛이었다. 김 실장과 일을 해결하러 갈 때 저런 눈이었다.

"엄마는 내 얼굴에 뽀뽀해주는 걸 좋아했어. 착한 내 아기라고. 이마, 두 눈, 코, 입술, 양 볼. 그럼, 나는 아주 착한 사람이 되는 것 같아 기분이 좋아지곤 했어."

며칠 만에 나타난 민준은 손목에 붕대를 감고 있었다. 나는 민준의 엄마가 다 큰 사내아이의 얼굴을 잡고 이마부터 양 볼까지 차례로 입을 맞추는 야릇한 모습을 그려보았다.

"아기 때?"

민준은 고개를 저었다.

"마지막이 일 년 전이었어."

나를 바라보는 민준의 눈빛이 타액처럼 끈적끈적해서 눈길을 피했다. 나를 향한 거침없는 열망이 오롯이 느껴지는 순간, 나는 그 막을 길 없는 마음이 두려웠다.

"너는 왜 대학에 안 갔어?"

전부터 궁금하던 것을 물었다. 도시 아이들은 모두 대학에 다니는 줄 알았다.

"귀찮아서. 공부하기도 귀찮고 대학 나와서 딱히 할 것도 없고."

대학 가는 게 꿈인 내 앞에서 민준은 말했다. 나는 민준의 다친 팔을 바라보았다. 민준은 가끔 몸에 상처가 나서 나타나곤 했다. 그때마다 이런저런 핑계를 댔다. 나는 자세히 묻지 않았다. 나는 변호사 사무실에서 일하는 동안만, 대학 가기 전까지만 민준을 만나기로 마음먹었다. 후진 사무실에서 무슨 일을 하는지도 모르는 남자와 미래를 나누고 싶지 않았다.

패스트푸드점 창밖으로 무수한 재수생들이 보였다. 나는 불고기 버거를 한입 베어 물었다.

"지갑에 삼천 원 들어 있었대."

민준은 한숨을 내쉬며 말을 이었다.

"소매치기한 새끼 뒤지게 맞았는데 억울해하면서 그러더라고. 고작 삼천 원 들어 있었다고. 그런데 지갑은 못 찾았어. 공중 화장실 쓰레기통에 버렸다는데 없더라고. 민증도 못 찾았네."

삼천 원이 어때서. 나는 삼천 원으로 살 수 있는 하루치 먹을거리를 생각했다. 자신의 눈길을 피하는 나를 본 민준이 창밖으로 시선을 옮겼다. 계산하지 않고 들이대는 민준의 마음보다 내가 모르는 민준의 다른 모습에 가슴이 서늘해졌다.

"기다리고 기다려서 받은 민증인데."

주민등록증에 적혀 있던 주소는 월세로 지내는 아파트 주소였다. 이 도시에서 내가 신분을 가지고 살고 있다는 기분은 안도감을 주었다. 그런데 나는 또다시 신분증이 없는 사람이 되었다.

"너 다시 애기 됐네."

민준이 천진한 눈으로 농담을 던졌다. 내가 빤히 쳐다보자 민준은 당혹스러워하다가 내 눈을 피했다.

"팔은 어디서 다친 거야?"

민준은 이때다 싶게 픽, 웃더니 아무것도 아니라는 듯 대답했다.

"밤에 길을 가는데 고등학생들이 담배 하나 달라는 거야. 손 좀 봐주다가 다쳤어. 내가 이 정도인데 걔네들은 오죽하겠냐. 막 빌더라고. 한 번만 봐달라고. 내가 너 봐서 봐줬지."

이 자식 또 허풍 시작됐구나. 그럼 그렇지. 소매치기를 무슨 수로 잡아. 조직으로 움직인다는데. 뻥이구나. 오히려 마음이 놓였다. 나는 남은 불고기버거를 알뜰히 먹어치우고 학원으로 달려갔다. 수능이 다가오고 있었다. 오늘 밤은 꼭 데려다주겠다고, 민준이 뒤에서 소리쳤다.

늙은 변호사는 침을 튀기면서 화를 냈다. 나한테가 아니라, 살찐 중년 남자한테였다. 김 실장과 민준이 그 옆에 나란히 앉아 있었다. 내가 이 사무실에서 일하기 시작하고 나서 사장이라는 사람을 처음 본 날이었다. 그는 늙은 변호사가 있는 힘껏 화를 내고 있는데도 당황한 기색이 없었다. 사장이 이 사무실에 오기까지, 늙은 변호사는 전화로 아침 내내 소리를 질렀다. 그다음은 나를 아래층 사무실에 내려보냈다. 나는 김 실장 앞에서 쭈뼛거리며 변호사님이 오라고 하셨어요, 라는 말만 앵무새처럼 되풀이했다. 민준이 몇 번 왔다 갔다 했고, 김 실장이 와서 사과했다.

"이게 사과로 될 일이야? 내가 변호사법 위반으로 걸렸는데. 이 나이에 변호사도 못 해먹게 생겼는데. 도대체 내 신분으로 무슨 짓을 어떻게 해 처먹은 거냐고. 사장 불러, 이 새끼야."

김 실장은 고개를 계속 숙이다가 내려갔다. 오후 네 시 즈음 사장이 올라왔다. 늙은 변호사의 목소리가 비어 있는 다섯 개의 사무실에 울렸다.

"넌 퇴근해."

김 실장이 나한테 손짓했다. 나는 민준의 눈치를 살폈고 민준은 고개를 끄덕였다. 사무실을 나서서 걷는데 등 뒤에서 험악한 욕설이 오고갔다. 아래층은 빚에 넘어 가는 집과 상가를 경매로 넘기는 일을 하는 것 같았다. 나는 민준의 몸에 가끔 상처가 났던 일을 떠올렸다. 빚에 쪼들려 쫓겨나는 사람들과 몸싸움을 벌이는 모습이 그려졌다. 어쩌면 그들을 협박하거나 더 심한 일을 해서 쫓아낼지도 몰랐다. 지방 법대를 졸업했다는 김 실장이 법적인 문제를 처리하고, 그런 과정에서 늙은 변호사의 면허를 이용한 듯했다. 어딘가 불법의 냄새가 났지만, IMF로 호황을 누리는 중이라 아래층 사무실은 늘 분주했다. 민준도 바빠서 며칠씩 보이지 않을 때가 있었다.

평소보다 한 시간이나 일찍 끝난 참이라 나는 인포메이션 데스크에서 미적미적거리며, 변호사 사무실에 귀를 곤추세우고 있었다. 한 달만 버티면 시험인데 불안했다.

사무실을 쩌렁쩌렁 울리던 늙은 변호사의 목소리가 일순간 줄어

들었다. 사장의 목소리는 들리지 않고, 김 실장의 목소리가 들렸으나 소리가 작아 내용은 알아들을 수 없었다.

그게 더 불안했다.

생각해보니 오늘은 이 난리통에 점심도 걸렀다. 허기가 몰려와 배를 움켜쥐었다. 나는 건물을 빠져 나와서 가장 먼저 보이는 편의점으로 달려갔다. 머릿속에서 톡톡, 피가 역류하는 느낌이 들면서 두통이 왔다.

다음 날부터 늙은 변호사는 사무실에 나타나지 않았다. 나는 출근해서는 우두커니 앉아만 있었다. 민준이 와서 말했다. 늙은 변호사는 정리되었고, 아래층 일이 많아져서 위층의 빈 사무실까지 모두 사용할 거라고. 젊고 유능한 다른 변호사가 올 것이고, 사무장과 비서도 여럿 뽑을 거라고.

"내가 잘하겠다고 너 계속 일하게 해달라고 김 실장한테 부탁했는데, 김 실장이 스무 살도 안 된 미성년자는 안 된대. 내가 그만두겠다고 협박해도 안 된대. 걱정 마. 내가 너 대학 보내줄게. 우선 우리 엄마 만나자. 너 대학 가기 전까지 우리 집에서 지내도 되냐고 내가 물었거든. 대학 등록금도 내가 다 댈게. 내가 예전에 하던 일 다시 하면 돈도 더 많이 벌 수 있거든. 지금 사무실이야 엄마가 다니라니까 다니는 거고. 그러니까 걱정하지 말고, 일요일에 같이 우리 집에 가자, 응?"

예전에 하던 일? 예전에는 고등학생이었잖아, 라고 물어야 했다. 그러나 무작정 덤비는 민준의 열정에 기대보고 싶었다. 그랬으면 좋겠다. 평범한 가정에서 해주는 밥 실컷 먹고, 등록금 대주면 대학에 다니고. 꿈만 같은 일이었다. 다니던 직장에서 하루아침에 잘렸지만, IMF가 터지고는 흔한 일이었다. 내가 붙잡고 있던 것은 직장이 아니라 처음부터 민준이었다.

뽀얀 국물에 큼직하게 빚은 만두 다섯 개가 떠 있었다. 국물 속 고명처럼 둥둥 떠 있다가 머리를 처박고 깊이 잠기고 싶었다. 가슴이 내려앉았다. 만둣국 때문이 아니라, 만둣국이 담긴 초라한 대접과 그 대접이 놓여 있는 밥상, 그 밥상이 놓여 있는 거실 겸 부엌의 반지하방 때문이었다. 아침을 거르고 온 빈속인데도 입맛이 없었다. 방이 두 칸 딸린 열다섯 평짜리 빌라 안에는 컴컴한 어둠을 닮은 사내아이 둘이 눈을 끔뻑이고 있었다. 하나는 초등학교 저학년이나 됐을까 싶게 어렸고, 나머지 하나는 머리가 제법 굵은 고학년으로 보였다. 저렇게 어린 동생들이? 민준은 한 번도 줄줄이 딸린 동생들에 대해서 이야기하지 않았다. 내 옆에서 민준은 기죽지 않고 당당한 모습이었다. 참담한 내 얼굴을 민준의 엄마와 동생들까지 호기심 어린 표정으로 구경하고 있는데, 민준만이 들떠 있었다.

쾅. 쾅. 머릿속에서 폭탄이 터지듯 가득 찼던 기대감이 폭발해 가루가 되었다.

민준은 눈치 없이 내게 만둣국을 떠먹이려고 했다. 나는 마지못해 한 숟갈 떠서 입에 넣었다. 썼다. 노량진 골목식당의 조미료 덩어리 밥도 이런 맛은 아니었다. 속은 쓰렸지만, 참고 먹으면 궁금한 미래를 입안에 넣고 씹는 기분이었다. 이걸 먹고 대학에 가서 취직하고 돈을 벌 수 있는 맛. 락스로 박박 닦았을 식기류에서 냄새가 올라오고 그것들이 위장을 긁는다고 해도, 언젠가는 벗어날 수 있겠지, 기대하며 현실을 곱씹는 맛이었다. 도시에 올라와 주식처럼 먹었던 라면과 김밥과 떡볶이에도 질리지 않았다. 빵 한 조각도 허겁지겁 먹어치우던 나였다. 한 끼를 해결할 수 있다면, 그것이 무엇이던, 어떤 모욕적인 순간이 와도 먹고 봤다. 그런데 만둣국은 썼다. 나는 숟가락을 놓았다. 옆에서 만두를 불고 있는 민준이 안쓰러웠는지 민준의 엄마가 말했다.

"너 슈퍼 가서 음료수라도 좀 사올래?"

민준은 내 눈치를 살피더니 고개를 끄덕였다. 민준은 순하게 자신의 엄마를 보았다. 민준의 엄마는 한쪽 눈을 심하게 깜빡거렸다. 민준에게 신호를 주는 게 아니라, 다쳐서 생긴 장애 같았다. 민준이 나가고 나서 민준의 엄마는 아들들을 방에 몰아넣었다. 나는 그제야 제정신으로 돌아왔다. 이 상황을 어떻게 모면하지? 나를 대학에 보내주기는커녕 내가 돈 벌어서 가족까지 부양해야 될 것 같은 집구석에서 어떻게 도망가지? 민준에게는 또 뭐라고 하지? 민준의 엄마가 정말 나한테 이 집에서 지내라고 하면? 언니에게 갈까. 형부의 분식집이 망하지 않았다면 언니도 월세방에서 조카들과 지지고 볶지 않아도 됐을 텐데. 내가 한 달 부빌 언덕이라도 됐을걸. 국물에 코를 박고 오만 잡생각을 했다. 그 순간 정말, 만두가 되고 싶었다.

"우리 이렇게 살아 아가씨. 내가 아가씨를 부른 것은 민준이가 아가씨 때문에 다시 깡패소굴로 들어가려고 해서야. 일 년 전에 거기서 나오면서 얼마나 맞았는지 한 달을 입원했었어. IMF 때문에 집 경매로 넘어가고 여기로 나앉지 않았으면 저 녀석 내 말도 안 들었을 거야."

몸이 후들후들 떨렸다. 소매치기를 잡아서 두들겨 팼다고 했을 때부터 심상치 않았다. 민준이 말한 전에 하던 일에 대한 의문이 풀렸다.

"아가씨 대학 보낸다고 다시 그 일을 하겠대. 지금 하는 일, 돈이 적다고. 아가씨랑 우리 아들은 맞지 않는 것 같아. 그만 헤어져. 부탁이야."

도망갈 수 있을 때 도망가, 라고 경고하듯이 민준의 엄마가 나를 봤다. 아들과 헤어지라는 말은 부잣집 사모님이 돈봉투를 얼굴에 던지며 하는 건 줄 알았는데. 그럼 나는 감사합니다, 잘 쓸게요, 하고 돌아갔을 텐데. 이건…… 낭만도 없이 비루했다.

"걱정 마세요."

저는 그렇게 착하지 않아요. 무엇보다 민준을 사랑하지 않아요, 라고 말을 이으려다가 일어섰다. 그 집에 가득 찬 암울한 공기에서 벗어나야 숨을 쉴 수 있을 것 같았다. 나는 계단을 올라가 집밖의 풍경이 보이자마자 달음박질쳤다. 빌라 단지 입구에서 길은 세 갈래로 나뉘어져 있었다. 민준의 집 쪽 길에는 나를 따라 나온 민준의 엄마가 서 있었고, 다른 쪽 길에는 민준이, 그들과 다른 방향에 내가 서 있었다. 민준은 나를 발견하고 얼굴이 환해졌다. 다음 순간 검은 봉지를 들고 선 민준은 자신의 엄마와 나를 번갈아 봤다. 나는 뛰었다. 민준이 나를 쫓아왔다. 나는 숨이 찼고 속이 울렁거려 구역질을 했다. 길가 전봇대에 만둣국을 토하고 있는 내 옆에 민준이 서 있었다.

지금 나는 노량진 패스트푸드점 2층에 앉아 불고기버거세트를 앞에 놓고 있다. 자그마치 세트다. 월세 보증금을 빼고 짐을 시골에 부치고 마지막으로 노량진에 왔다. 월세 보증금은 20만 원을 떼고 30만 원을 받았다.

민준의 집에서 도망쳐 나온 후, 나는 집에 돌아가 며칠 동안 잠만 잤다.

빨리 서른 살이 됐으면 좋겠다고 잠꼬대를 했다. 배고파서 눈을 뜬 순간에도 생각했다. 열여덟 살이 아니라 서른 살이면 지금보다 낫겠지. 지금보다 배고프지 않고 막막하지 않고 하루를 보내겠지. 하룻밤에 5년씩, 10년씩, 나이 좀 먹었으면.

방에서 잠만 자는 내가 불안했는지 주인 할머니가 문을 두드렸다. 나는 오줌도 참았다가 주인 할머니가 방에 들어간 것 같으면 잽싸게 달려가 눴다. 돈이 없으면 좌절할 시간도 주어지지 않는구나. 계속 문을 두드려대는 주인 할머니 통에, 또 더는 배고픈 걸 참을 수 없어서 방에서 나왔다. 할머니가 내 앞으로 온 우편물을 주었다. 이집에 살고 처음이었다. 우체국 소인이 찍혀 있는 봉투를 열자 내 주민등록증이 나왔다. 어디를 헤매다가 누구 손에 들어가 우체통에 넣어졌는지 얼룩이 묻어 더러웠다.

아침마다 우거지 된장국에 밥을 차려주던 엄마가 보고 싶었다. 고향을 떠나고 늘 괜찮다고만 말했다. 엄마를 불러와 민준의 엄마와 싸움이라도 붙이고 싶었다. 나도 우리 집에서는 귀한 자식이라고. 근데, 내가 귀한가? 귀했던 적이 있나?

"엄마, 나는 왜 2년이나 늦게 호적에 올라가 있는 거야? 어디 들어가서 일하려고 해도 취직이 안 돼."

엄마 목소리가 전화기에서 들리자마자 투정부터 부렸다. 내가 스무 살이면 지금 설명할 수 없는 이 모멸감이 덜 할까.

"이 말은 안 하고 살았는디, 니가 원래 쌍둥이였어야. 둘 다 약하게 태어나서 죽을 둥 살 둥 병치레를 하더라고. 호적에 올렸다가 죽으면 거시기항께 출생신고 안 했제. 세 살 먹고 느그 쌍둥이 언니가 죽었제. 나는 나중에 알았어야. 아부지가 느 언니 이름이라도 올려놓으믄 살까 싶었댜. 나 몰래 느그 두 살 때 언니 것만 해놨다더라. 느그 언니 묻어놓고 사망신고하기도 맴이 찢어져서 너한티 호적 그대로 물려줬어야."

헌 옷도 아니고 물려줄 게 따로 있지. 나는 죽었다는 쌍둥이 언니 이야기가 섬뜩해서 몸이 떨렸다. 길에서 만났던 도 아저씨는 용하기도 하지. 어떻게 딱 보고 억울하게 죽은 언니 이야기를 했을까. 나는 도 아저씨의 흔한 멘트인 '억울하게 죽은 조상'에 내 스토리를 끼워 맞추고 있었다. 도 아저씨를 따라가 굿이라도 해야 할지 모르겠다는 엉뚱한 생각을 하면서.

"근데, 학교는 왜 일찍 보냈는데?"

엄마는 기억을 더듬느라 우물거리다가 마지못해 대답했다.

"그때는 기냥 학교에서 받아준께. 니가 키도 컸고 집에 둬도 나 밭일 가믄 심심할텡께 그랬제. 도시살이 힘들지야? 너무 힘들믄 지금은 죽은 언니로 살고, 나중에 니로 또 살고 그라믄 되제. 태어난 해 고치는 것은 재판도 해야항께 힘들디야. 그라고 영 힘들믄 내려온나. 돈 찬찬히 벌어서 소원인 대학 가믄 돼제. 나이도 어링께."

나는 주민등록증에 있는 내 이름을 만졌다.

"이름은? 내 원래 이름은 뭐였어?"

엄마는 천천히 말했다.

"언니는 이름이 없었어야. 그냥, 애기라고 불렀제."

통화 끝에 엄마는 넋두리처럼 말했다.

"죽은 언니 대신 사는 것잉께…… 힘들어만 말고. 언니가 못 해본 거 다 해본다고 생각하고 살아라."

불고기버거를 깨물면서 도시의 하늘과 땅을 바라봤다. 그사이에 무수히 밀려왔다 밀려가는 패티들이 보였다. 햄버거는 원래 독일 이민자들이 값싸고 질긴 소고기를 다져 빵 사이에 끼워 먹은 요리라고 했다. 햄버거는 한 번도 우아하거나 고급스러웠던 적이 없었다. 도시의 이 구석 저 구석의 자리 잡지 못한 사람들과 노량진 바닥을 돌아다니는 재수생, 삼수생처럼, 언제든 중심에 섞이려고 준비 중인, 다져지고 있는 인간들의 맛. 그것이 햄버거의 참맛이었다. 나는 노량진 패스트푸드점 화장실 쓰레기통에 버려진 신분증을 떠올렸다. 패티로 섞이지 못한 내가 거기 있었다.

불고기버거의 달콤한 소스가 혀와 식도를 거쳐 배 속 깊숙이 스며들었다. 노량진에서 처음으로 불고기버거의 맛을 느끼게 해줬고, 거의 매일 햄버거를 사줬으며, 노량진을 발음하면 입에 침부터 고이게 해준 민준과의 마지막이 눈앞에 스쳐지나갔다.

"너를 사랑했던 적이 없어!"

전봇대에 구토를 해놓고 민준을 향해 소리쳤다. 나는 민준보다 약간 위에서 그를 내려다보고 있었다.

"처음부터 알고 있었어. 그래도 옆에 있게만 해주면 안 돼?"

신물이 넘어왔다. 나는 침을 뱉듯 말했다.

"구질구질해. 가까이 오지 마."

민준의 엄마가 골목 끝에서 우리를 보다가 집으로 발걸음을 옮겼다. 민준은 집과 반대 방향을 향해 걸었다. 나는 그 골목을 벗어나려고 뛰었다. 지하철역을 찾지 못해서 울고 싶었다. 지하철역을 찾았을 때는 울고 있었다. 민준의 손을 처음 잡았을 때, 민준과 공원에서 끌어안고 서로의 몸을 더듬었을 때, 민준의 심장은 뛰고 있었다. 그 순간 부끄럽게 같이 뛰었던 내 심장 부근을 움켜쥐었다. 나이를 어서어서 먹어서 이 감정이 뭔지 알게 되길 바라면서.

　나는 그 감정을 콜라와 함께 삼켰다. 감자튀김을 케첩에 찍어서 씹었다. 입을 오물거리는 내 앞에서 세상이 동그랗게 커졌다. 나는 겁도 없이 입을 크게 벌렸다. 하늘이라는 빵과 땅이라는 빵, 그 사이에 낀 패티까지 삼킬 만큼 크게.

　패티 안에는 민준이 있었다. 자신이 싸온 도시락을 나한테 먹이면서 나 대신 굶던 초조한 민준이. 자신의 밥값으로 불고기버거세트를 나한테 사 먹이며 뿌듯해하던 민준이. 허기를 숨기려고 허풍을 떨던 남자아이가.

　고작 나보다 두 살 많은 민준이, 배고픔을 꾹꾹 눌러가며 자신의 첫사랑을 향해 있는 힘껏 환하게 웃고 있었다.

나란히 걸어요

안녕하세요, 대한캐피탈 김지수입니다. 내가 여기까지 말했을 때 상대방이 웃었다.

"형, 형, 형."

수화기 안이 교태 넘치는 웃음으로 가득 찼다. 미친 새끼. 빚 갚으라는데 왜 웃고 지랄이야? 욕을 퍼붓고 싶었는데 웃음소리가 익숙했다. 외곽순환고속도로와 경수산업도로를 머리에 이고 지하도에 서 있을 때가 떠올랐다.

"언니. 형, 형, 형."

수화기에서 버디의 목소리가 들렸다. 전직 천하장사였다는 남편과 손을 잡고 지구를 한 바퀴 돌고 있을 버디가 그려졌다. 나는 고개를 흔들고 정신을 집중했다. 정 따위에 현혹되지 말자. 지난달에는 성과급이 겨우 50만 원이었다. 이달에는 적어도 100만 원은 채워야 한다.

"김봉남 씨 맞습니까?"

내 질문에 버디는 슈퍼에서 만난 동네언니처럼 넉살 좋게 말했다.

"언니, 거기서 일하는구나? 나야, 나. 버디."

침묵이 흘렀다. 아파트 팔아치워 주술을 행하던 버디가 어쩌다 빚쟁이가 되었니. 집값이 천정부지로 뛰고 있는데. 그 아파트만 가지고 있었어도 네가 이 꼴은 안 당하지. 변죽을 맞춰주고 싶었지만 회사 전화였다. 나는 말을 이었다.

"김봉남 씨께서 연체하신 이자가……."

버디가 김봉남이 되어 거친 남자 목소리로 외쳤다.

"나라니까? 나, 버디. 주술 있고 다음 날, 마더가 쓰러져서 수술을 세 번이나 했어. 수술비 대느라고 내가 빚 좀 쓴 거야. 나 좀 봐주면 안 돼? 좆같은 나라에서 늙은이 병원비도 안 대줘. 씨발, 내가 혼자 다 했어. 우리 아는 사인데 좀 봐주면 안 돼? 하루에 수십 번씩 전화질하지 말고."

내 앞에 어두컴컴한 지하도가 나타났다. 그때 나는 슬픔에 정신이 반쯤 나가 있었다. 현실을 피할 수 있는 방법이면, 그 어떤 것이라도 믿어버렸을 것이다. 그날의 지하도에서 불어오던 습하고 차가운 바람이 얼굴을 스쳤다.

*

지하도는 무덤 속처럼 어두웠다. 천장 타일이 드문드문 뜯겨 있어서 시커먼 구멍에서 뭔가가 불쑥 튀어나올 것 같았다. 등골이 서늘했지만 숨을 참고 뛰면 집 앞 골목과 바로 연결되었다. 지하도의 중간쯤에 모녀처럼 보이는 여자들이 서 있었다. 주름이 자글자글한 노인과 눈 밑이 내려앉기 시작한 중년 여인, 커트 머리의 앳된 여자였다. 나는 주머니 속 대추 봉지를 움켜쥐었다. 죽은 사람은 왜 대추 따위를 먹으러 올까. 남편의 입안으로 들어가는 마른 대추를 상상했다. 죽은 남편보다 눈앞에 선 여자들이 무서웠다. 그녀들에게서 환한 빛이 났다. 지하도 중간에 다른 차원으로 통하는 구멍이라도 있는지 그녀들은 새하얀 한복을 입고 있었다. 나는 발꿈치에 힘을 싣고 뛸 준비를 했다. 호흡을 가다듬고 손을 꺼내 주먹을 쥐었다. 심장이 목구멍으로 넘어올 만큼 팔딱거렸다. 하나, 둘.

"언니, 대추 떨어지는데?"

나는 이미 뛰고 있었다. 남편의 코로 들어가는지 입으로 들어가는지 모를 대추만 아니었으면 우리 집 안방 장롱 속으로 숨었을 것이다. 지하도로 오는 게 아니었다. 집 앞 골목과 연결된다 해도, 조금 더 걷고 대로를 건넜어야 했다. 낡은 형광등이 불길하게 깜빡거렸다. 열 걸음쯤 뛰다가 뒤돌아섰다. 내 발자국을 따라 대추들이 드문드문 떨어져 있었다. 멍하니 서 있는 나 대신 언니, 라고 불렀던 여자가 대추를 하나씩 주우며 다가왔다. 그녀가 마지막 대추를 주워

내 손에 쥐여주며 언니, 라고 다시 불렀을 때에야 목소리가 남다른 걸 눈치챘다. 화장으로 가려놓은 인중의 수염 자국과 한복 동정을 뚫고 나올 듯한 성대. 큼직한 손이 내 손에 대추를 쥐여주었다.

"어머, 언니 눈치챘구나. 형, 형, 형."

그녀가 입을 가리고 요란하게 웃었다. 그녀의 웃음소리가 지하도 안에 길게 울렸다. 머리 위를 지나가던 자동차 소리가 잠깐 들리지 않았다. 넌 나를 언제 봤다고 동네언니처럼 구냐? 따지고 싶은 것을 참으며 주머니에 대추를 넣었다. 터진 주머니에서 대추가 다시 쏟아졌다. 형, 형, 형 그녀는 더 크게 웃었다. 나는 민망해서 잽싸게 쪼그려 앉았다. 대추를 하나씩 줍고 있는데 노인과 중년 여인이 다가왔다. 혼자되었다는 서러움에 시도 때도 없이 나오던 눈물이 앞을 가렸다. 미친년, 그만 웃어. 노인이 박장대소하는 그녀의 등을 쳤다. 나는 손등으로 볼을 문지르고 노인의 얼굴을 보았다. 노인의 옆에서 팔짱 끼고 있던 중년 여인이 말했다.

"어째 눈물에서 따끈따끈한 새 과부 냄새가 나네. 우리는 다 과부거든."

나는 형형, 거리는 그녀를 눈으로 가리켰다. 과부가 아니라 홀아비 아닌가요? 물으려다가 펄럭이는 치맛자락을 보며 입을 다물었다. 노인과 중년 여인과 그녀가 동시에 고개를 끄덕였다. 머리 위에서 덜컹 소리가 들렸다. 화물차가 지나가는 모양이었다. 노인은 사정없이 때렸던 그녀의 등을 살살 문질러주고 있었다. 셋은 서로 의

미심장한 눈빛을 교환했다. 노인이 쪼그려 앉은 나한테 손을 내밀었다. 나는 눈물을 훔쳤던 손으로 노인의 손을 잡았다. 나와 노인의 손 위로 경수산업도로가 지나가고 있었으며, 그 위에는 외곽순환고속도로가 지나가고 있었다.

*

청상과부라는 뜻은 누구나 알고 있다. 그러나 초경을 시작한 열세 살에 시집가서 남편을 여의고 아흔이 넘도록 혼자 산 시간은 인터넷 지식인에서 알려주지 않는다. 마더는 현재 유물로나 남을 과부의 산증인이다. 과부의 조건은 까다롭다. 검은 머리가 파뿌리가 될 때까지 같이 살다가 남편이 먼저 가면 과부에 들지 못한다. 과부였다가 재혼을 해도 과부가 아니다. 솔로? 독신녀? 절대 과부가 될 수 없다. 이혼한 여자는 더더구나 과부가 아니다. 상대가 죽어야 과부다. 상대에 대한 의리로 인고의 세월을 견디며 스스로 설 줄 알아야 하고 그 맛을 느끼는 게 진정한 과부이다.

버디가 브리핑해준 내용이었다. 왜 성공한 과부가 돼야 하는데? 내 질문에 눈알을 굴리던 버디가 대답했다. 우리가 세운 과부라는 세계의 존재 이유지. 버디의 대답에 할 말을 잃은 내가 비아냥댔다. 과부라는 단어 자체가 여성비하라는 건 알고 있나? 시대에 맞지 않는 말을 한다고 여성단체에서 들고 일어나겠는걸. 아니, 이건 신흥

종교구나. 버디는 내 농담을 받아주지 않고 계속 이야기했다. 일제 강점기 때 일본군 강제 위안부로 끌려가지 않기 위해 조혼을 했다는 마더의 이력에 나는 입이 딱 벌어졌다. 해방과 육이오와 유신체제와 IMF와 월드컵까지 지나는 동안 왜 혼자였대? 내가 버디에게 묻자, 시어머니와 그 윗대 시어머니와 더 윗대 시어머니가 붙잡고 놔주지 않아서 젊은 시절이 다 지나버렸다고 했다. 시어머니들이 차례차례 죽고 나자 환갑이었단다. 무릎이 쑤셔서 개가할 엄두가 안 났단다. 그 뒤로는 왜 사는지 모르면서 살았단다.

"넌 어떻게 꼈어?"

내가 버디에게 묻자, 마더가 말했다.

"야는 고추 달린 여자여."

나는 동네 언니처럼 구는 버디가 좋았다. 남편이 죽고 혼자가 된 지금, 남자든 여자든 혹은 그 둘이 구분이 안 가든 옆에 있어주니 밉지 않았다.

중년 여인이 고기를 뒤집었다. 기름이 타면서 옥상 위로 연기가 퍼졌다. 내가 낀 과부들의 모임 장소는 버디의 옥탑이었다. 전망이 탁 트여 도시를 내려다보는 배경이면 좋으련만 앞뒤가 빌라로 꽉 막힌 장소였다. 마더가 상추를 집어 고기를 올렸다. 소주 좀 칠까? 중년 여인이 말했다. 내가 잔을 받아 마시려고 했다. 버디가 고개를 절레절레 흔들었다.

"죽은 사람이 옆에 있다고 늘 말하잖아, 언니."

버디는 소주를 잔에 따라 정성스레 허공에 뿌렸다. 그래 봤자 옥상 화분 언저리에 떨어졌다. 오늘 과부들은 소복을 입지 않았다. 버디가 입은 것은 찢어진 청바지에 군대식 깔깔이였다. 해방과 육이오를 몸소 겪었다는 마더의 옷차림은 고무줄 기지바지에 큐빅이 박혀 있는 연분홍 셔츠였다. 조선 시대에서 뛰어온 듯한 소복 입은 태는 사라지고 흘러내린 뱃살이 노인다움을 과시했다. 이모라고 불러. 내가 물끄러미 중년 여인을 바라보고 있자 그녀가 말했다. 얘는 청담동 버디. 이모가 버디를 가리켰다.

"청담동 어디 미용실에서 일했잖아."

이모가 익은 고기를 가장자리로 옮기며 말했다.

"근데, 왜 사는 데가 옥탑이야? 천에 오십이나 하겠는데."

내가 중얼거리자 이모가 우물쭈물 대답했다.

"그것이 인생이여. 돈 들어갈 구멍이 있으니까 아파트 팔았지."

버디가 마더와 이모의 눈치를 살피더니 헝, 헝 웃었다. 마더는 상추쌈을 먹느라 도통 말이 없었다. 마더 언니, 틀니 다 닳겠어. 버디가 귀엽게 종알댔다. 염병, 혼자 살면 고기 구워 먹기도 뭣해. 지금 실컷 먹어둬야지.

"주술은 성공할 수 있는 건가요?"

나는 이들의 작태가 영 미덥지 않아 조심스레 물었다. 외곽순환고속도로 아래, 경수산업도로 아래, 지하도에서 만났을 때 그녀들이 나를 꾄 말이었다. 그리 급하면 차라리 무당한테 가. 선무당들도 귀신 불러줄 수 있다니까. 주먹만 한 쌈을 구겨 넣은 마더가 퉁을 놨다. 나는 입을 내밀고 소주잔을 들었다. 고추를 오독오독 씹으며 이모가 말했다.

"마지막이 남았다니까. 고양이 여인을 찾는 거야. 고양이 여인을 찾으려고 우리가 소복 입고 다닌 거야. 아, 고추 땡기네."

그녀의 말에 나머지 여자들이 입안의 상추를 쏟으며 웃었다.

"언니들, 우리한테는 딜도가 있잖아요."

버디가 나를 보며 윙크했다. 나는 놀라서 인상을 찡그렸고 그녀들은 아예 상추를 뱉어놓고 웃었다.

"고양이 여인은 어떻게 찾아요?"

나는 분위기를 바꿔보려고 물었다.

"우리만 따라다니라니까. 그쪽은 우리 잘 만난 거여."

마더가 말을 받았다. 나는 소주잔을 입에 털어 넣고 담배를 꺼내 물었다. 입안이 소태처럼 썼다. 이모가 불을 붙여줬다. 현실이 딜도처럼 가벼웠으면. 고양이털처럼 요염한 연기가 하늘 위로 날아갔다.

남편과 나에게는 딜도 따위는 필요하지 않았다. 그만큼 뜨거웠다는 게 아니라 섹스리스였다는 뜻이다. 연애하고 결혼해 사는 동안 우리에게는 네 명의 아이가 있었다. 그중에 둘은 태어났고 둘은 인공유산 시켰다. 마지막 인공유산을 하고 나서부터 우리는 죄책감에 섹스를 하지 않았다. 사계절 내내 셔츠와 트레이닝 바지를 입고 텔레비전 앞에서 굴러다니며 형제처럼 지냈다. 제법 의가 좋은 형제처럼 거의 다투지 않았고 지지하는 정치인의 이야기를 나누었으며 개그 프로를 보면서 함께 웃었다. 남편은 직장에서 채권 추심을 했고 나는 집에서 청소와 빨래를 했다.

새로 이사한 빌라의 전세는 70프로가 대출이었다. 그러나 나는 렌지 후드의 묵은 때를 벗겨 내면서 마음을 달랬다. 남편이 채무자들을 닦달해 돈을 받아내면 우리 빚은 얼마든지 갚을 수 있었다. 남편의 월급이 성과급제로 바뀌면서 다달이 아슬아슬하게 줄어들었지만, 세상은 내가 탁 털어 너는 빨래처럼 정갈하게 돌아갔다. 남편은 할부로 들여놓은 벽걸이 텔레비전 앞에서 한쪽 손으로 머리를 괴고 비스듬히 누워 텔레비전을 보고, 밥을 먹으면서도 보고, 아침에 눈 뜨자마자 보면서 요즘 유에치디 화질 죽이네, 뿌듯하게 중얼거렸다. 남편 옆에서 부자가 된 기분에 눈을 감으면 밤이었고 눈을 뜨면 아침이 왔다. 그럼 하루 치 이자가 자라났지만, 다음 달 월급이 있기에 나는 또 텔레비전을 보며 부엌 바닥의 기름때를 닦았다. 지금이나 그때나 나한테 필요한 건 딜도가 아니라 매달 갚아야 하는 이자와 생활비였다.

나는 아이들이 자랄수록 무리해서라도 남들처럼 살고 싶었다. 집 근처 외곽순환고속도로를 건너면 백화점과 대형마트, 유명 입시학원들과 명문 고등학교, 신도시 아파트단지가 있었다. 시끄럽고 새

까만 공중에 뜬 도로 때문에 이쪽과 저쪽의 집값 차이는 엄격했다. 나는 저쪽 가까이에서 살고 싶었다. 남편이 죽지 않았다면 나는 지금도 텔레비전을 켜놓고 신발장의 묵은 때를 닦고 있었을 것이다.

공중에 뜬 도로 옆 빌라로 이사하고 일주일 만에 병원에 누워 있던 시어머니가 죽었고, 이주일 만에 남편이 죽었다. 남편의 무덤에 풀이 돋기도 전에 시아버지가 대장암 말기 진단을 받고 죽을 날을 받아놓았다. 두 사람이 죽는 데 한 달이 걸리지 않았다. 믿을 수 없어서 끊었던 담배를 다시 피우기 시작했다.

시아버지가 누운 병원에 갔다가 시고모를 만났다. 시고모는 시어머니 무덤이 갈라진 이야기부터 시작해, 시어머니가 시고모 꿈에 나타나서, '가자, 너 데리러 왔다' 했는데 나는 절대 안 간다고 했더니 네 남편을 데려간 것 같다는 둥, 네가 이사를 북쪽으로 해서 남편을 잡은 거라는 둥, 별의별 억측을 다 했다.

"네 서방이 죽기 전에 밥을 못 얻어먹어서 집안의 우환이 끊이질 않는단다. 이대로 뒀다가는 너도 쓰러지고 네 자식도 하는 일마다 안 풀린단다. 죽은 사람을 불러내서 밥 차려 먹여야 한단다. 제사상은 잊지 않고 날마다 차리고 있지?"

나는 식탁 위에 올려놓은 남편의 영정사진을 떠올리며 고개를 끄덕였다. 부엌이 좁아서 식탁을 벽에 붙여두었다. 남편의 영정사진은 그 위에 있었는데, 내내 식탁에서 밥을 기다리는 표정이었다. 내 자식들한테 악담을 퍼붓는 점쟁이를 잡아 멱을 따버리고 싶었다. 그 말을 전하는 시고모의 목울대가 출렁이는 걸 지켜보면서 맞받아 치지 못하는 게 내심 억울했다. 남편이 쓰러졌을 때의 상황을 나도 모르게 주저리주저리 쏟아놓고 다닌 게 잘못이었다. 나는 한숨을 길게 내쉬었다. 시어머니는 말 많은 시고모나 데려갈 일이지 마흔 도 안 된 아들은 왜 데려갔을까. 내 한숨 소리를 들은 시고모가 다시 정색하고 말했다. 너는 곱상하게 생긴 게 어디에 그런 박복이 다 들 어 있냐? 장례 치르는 내내 울라니까 크게 울지도 않고. 박복한 것. 복이 없어.

그녀들을 만났을 때, 시고모의 말이 딱 맞아떨어진다는 생각이 들 었다. 불러내서 마지막 밥을 먹일 수 있다면 더는 미안해하지 않아 도 될 것 같았다. 남편한테 자식들 잘되고, 앞으로 일도 잘 풀리게 해달라고 빌고 싶었다. 더불어 숨겨놓은 비상금이나 빌려주고 못 받은 돈이나 목숨을 구해준 은인이라도 있으면 알려달라고 묻고 싶 었다. 신한테 부탁해서 내 취직자리도 알아봐주면 고맙고. 나는 담 배 연기를 허공에 날리며 잡생각을 떨치려 고개를 흔들었다.

언니, 왜 고기 안 먹어? 버디가 턱을 괴고 내 얼굴을 빤히 들여다 보고 있었다. 등 뒤 평상에서는 고기 굽는 소리가 칙칙, 들렸다. 마 더와 이모가 고기를 먹으며 뿡뿡 방귀를 뀌고 흐흐흐 웃었다. 마더 와 이모는 고기를 구워 먹으려고 과부가 된 것처럼 보였다. 왜 사는지 모르고 사는 건 마더가 아니라 나였다. 입이 써서 잘 안 넘어가. 나는 버디에게 대답하고 침을 모아 뱉었다. 5층 건물 바닥까지 침이 비처럼 떨어졌다.

"내가 결혼한 사람은 목사님 아들이었어. 사고로 죽었는데, 장례식장 가서 울다가 교인들한테 두들겨 맞아 죽는 줄 알았어. 나보고 소돔성의 자식이래. 하늘에서 불이 내려와 내 몸을 길이길이 태울거래."

"거긴 참 협박 방식이 올드하네. 같은 걸로 이천 년 넘게 써먹고. 요즘 애들 말로 개쩐다. 너 겁먹고 그러지는 않았지?"

내 말에 버디는 씁쓸하게 웃으며 말을 이었다.

"죽고 나서가 무섭겠어? 당장 때리니까 아파서 그렇지. 길에 쓰러져 있는 나를 마더 언니가 데려다가 치료해줬어. 마더 언니는 어릴 때 내 유모였어."

버디의 말을 듣고서야 아흔의 노인이 성소수자에 대해서 관대했던 게 이해가 되었다. 시어머니들 다 보내고 유모로 먹고살았구나? 내가 묻자 버디가 고개를 끄덕였다.

"친엄마보다 나를 더 잘 이해해주는 게 마더 언니야. 남편이 죽었는데 나는 장례식장을 지킬 수도 울 수도 없었어. 나는 그 사람 살아 있을 때 부부인 거 들킬까봐 동네에서 손도 안 잡고 다녔어. 남 앞에서 늘 삼촌과 조카인 척하고 살았어."

버디는 흥분해서 눈물을 흘리고 코를 훌쩍였다. 어떻게 과부라고 이름 붙은 것들의 사연은 게이들까지 신파인지 절로 고개가 저어졌다. 프랑스로 가지 그랬냐? 내 말에 버디는 그것도 농담이라고 하냐는 듯 입을 내밀었다. 버디를 보니 그나마 위로가 되었다. 버디는 바닥에 떨어진 나보다 더 바닥에 있는 것 같았다. 다음 순간 이런 내가 참을 수 없어서 담배를 구겨 던졌다.

나는 버디의 사연에 함께 울어줄 수 없어서 담배를 한 대 더 꺼냈다. 웃음이 나려고 했다. 옥탑방에 있는 버디의 남편 사진을 봐서였다. 게이들은 다 잘생긴 줄 알았는데. 사진 속에는 대머리 아저씨가 배를 내밀고 있었다. 버디보다 스무 살이 많은 전직 천하장사라고 했다. 흐흐흐. 내가 웃음을 참고 있는데 옆에서 마더가 웃음을 터트렸다.

"버디는 발바닥에 눈이 달렸어. 저 아저씨 겨드랑이 털까지 좋았단다. 그냥, 웃어."

이모가 내 옆구리를 찔렀고 우리는 한꺼번에 배를 잡았다. 어머, 언니들. 버디는 죽은 남편을 불러서 손을 잡고 지구를 한 바퀴 도는 게 소원이라고 했다. 자신이 아는 사람들에게 보여주기 위해서.

"고양이 여인이 가진 은장도를 가져와서, 음기에 눌려 죽은 남편을 둔 과부의 피를 묻혀야 해. 과부록 마지막 부분에 나와 있다니까."

마더와 이모가 소곤거리는 소리가 들렸다. 그녀들은 고기를 다 먹고 트림을 끅끅 해대고 있었다. 아, 골이 쑤셔. 마더가 뒷목을 잡았다. 요즘, 자꾸 그러네. 검사 한번 받아보라니까. 이모가 마더의 목과 어깨를 주무르며 말했다.

마더의 집안은 조선 시대부터 청상과부가 종종 나오던 종가였다. 여인들 사이에서 내려오던 비방집 중 '과부록'이 있었는데, 윗대 시어머니가 보고 나서 마더에게 딱 한 번 보여줬다고 했다.

"육이오 때 불타서 없어진 줄 알았지. 그것이 일본까지 넘어가 박물관에 있을 줄 알았나?"

마더는 다리를 뻗고 앉아서 이를 쑤셨다. 아흔이 넘은 마더만이 본 책이라면 버디도 믿지 않았을 것이라고 했다. 그런데 일본에서 도우미로 일했던 이모가, 부잣집에서 봤다고 했다. 일본 귀족이던 그 집주인이 죽으면서 박물관에 기증했는데 고서라 일반인에게는 공개되지 않는다고 했다. 죽은 남편을 그리워하는 버디의 이야기를 찜질방에서 엿들은 이모가 과부록에 대해 말해주었다. 마더의 오래전 기억이 선명해진 순간이었다.

"피를 묻히라는 것은 죽이라는 소리요?"

이모가 물었고, 마더는 이모의 허벅지를 찔렀다.

"미쳤냐. 살짝 피를 묻히라는 소리겠지. 고양이 여인을 찾아야 한다. 칠흑처럼 검은 고양이를 데리고 다닌다던데. 아, 머리야. 두통약이 있을 텐데."

마더는 주섬주섬 가방을 뒤져 약을 꺼내더니, 물도 없이 삼켰다.

고양이 여인이라니. 갈수록 황당한 전설이 더해져서 나는 괜히 왔다 싶었다. 게다가 음기에 눌려 죽은 남편을 둔 과부까지. 기구하다 못해 야설에나 나올 법한 여자를 어디 가서 구하냐고.

내 휴대폰이 울렸다. 시고모였다. 사돈의 사돈쯤이 운영하는 옷가게에서 일할 생각 없느냐고 물었다. 자신이 간곡히 부탁해서 얻은 자리라며 이력서를 들고 찾아가보라고 했다. 네, 나중에 가볼게요. 내가 대답하자 시고모가 소리를 꽥 질렀다. 어디서 뭐 하고 자빠졌냐? 지금 당장 가라고. 먹고살아야 할 거 아녀. 옆에 서 있던 버디가 통화 내용을 듣고 민망한지 마더가 있는 곳으로 걸어갔다.

시고모는 취직하라고 매일 전화했다. 어제는 보험설계사로 취직하라고 했다. 그제는 학습지교사 자리라도 알아보라고 하다가, 내가 대학을 안 나왔다고 하자 끊었다. 대형마트 캐셔 자리를 자기가 다 알아서 부탁해놨다고도 하고, 옆집 사람이 갈빗집 사장인데 거기 가서 일하라고도 했다. 숨 막히게 목을 조르는 게 통장 잔액이 아니라 시고모 같았다. 남편은 뭐하나, 시고모 안 데려가고. 시어머니는 왜 번지수를 잘못 찾아서 아들을 데려갔나. 원망이 절로 나왔다.

"고양이 여인을 찾아야 하거든요. 죽은 남편을 불러서 밥을 먹여야 하니까요."

내 말에 시고모는 잠시 할 말을 잊은 듯하더니, 네가 미쳐가는구나! 젊어서 남편 죽고, 라며 악담을 퍼부었다. 나를 생각해서라기보다 자신의 오빠를 위해 나선다는 걸 알고 있었다. 빌라 골목으로 고

양이 한 마리가 지나가고 있었다. 통화가 끝나자마자 휴대전화가
또 울렸다. 엄마? 나 배고파. 둘째였다. 이게 다 너희들 잘못될까봐
하는 일이야. 나는 이 말을 삼키고 휴대폰에 대고 말했다.

"전화기 형한테 대봐……. 동생 잘 챙기라고 했지? 라면 끓여서
둘이 먹어."

통화 중 대기음이 울렸다. 엄마 전화 왔어. 끊어야 해. 라면 챙겨
먹어. 재빨리 버튼을 눌렀다. 고기 굽는 냄새가 코끝을 스쳤다.

"…은행입니다. …대출하신 금액을 상환하시든가 명의를 변경하
셔야 합니다. …아내 분께서는 소득이 없으셔서 아내 분 명의로는
변경할 수 없다는 것을 알려드립니다."

면접 본 회사 중 하나인 줄 알았는데 허탈감에 욕을 퍼붓고 싶었
다. 쓰디쓴 입에 침이 고이면서 허기가 졌다. 고기 냄새가 코로 들어
와 폐에 가득 찬 담배 연기를 몰아냈다. 은행직원의 말을 듣다가 휴
대전화를 난간에 올려놓았다. 사망신고를 하면서 눈물을 뚝뚝 흘릴
줄 알았건만, 귀찮은 서류가 끝이 없었다. 남편의 목숨 줄보다 긴 것
은 숨 쉴 때마다 자라는 이자였다. 누가 담배꽁초를 던지고 지랄이
야? 빌라 지하방 창문이 거칠게 열렸다 닫혔다.

*

삼가 조의를 표합니다. 저희 대한캐피탈에서는 채권 추심 직원

을 모집 중입니다. 남편분이 저희 직원이었기에 면접만으로 입사하실 수 있습니다. 원래 경력사원을 우대하는데, 회사 측의 배려로 입사가 결정되었습니다. 근무시간은 오전 9시부터 오후 6시까지이며, 주 5일 근무입니다. 기본급은 250만 원이며, 성과급이 플러스알파가 될 것입니다.

낡은 구두를 끌고 빌라 계단을 올라가는데 종아리보다 명치가 뻐근했다. 조의를 표하는 것과 채권 추심 자리를 선심 쓰듯 내주는 게 같은 것일까. 학벌도 나이도 성별도, 묻지도 따지지도 않는 채권 추심 업무가 회사 차원의 보상이라니. 사무적으로 조의를 표하던 면접관의 눈에는, 네가 어디 가서 이런 자리라도 구할 수 있겠냐? 싶은 동정과 야유가 들어 있었다. 남편의 동료가 혀를 찰 만큼 초라한 몰골로 나타나 일자리를 구걸하는 내 모습은, 죽은 남편의 뒤통수가 가려울 일이었다. 그러나 자존심으로 그 자리를 밀어내기에는 내 상황도 만만치 않았다. 어쩌다 모든 사람에게 동정받고 위안을 주는 사람이 되었을까. 오나가나 받는 동정 이용해서 취직해야지, 다짐하자 온몸에서 뭔가가 쑥 빠져나가는 기분이었다. 기운이 빠질 대로 빠져 계단을 달팽이처럼 기어가듯 올라갔다. 문 앞에 섰을 때, 안에서 아이들과 남자 목소리가 들렸다. 뒷목이 서늘했다. 서둘러 문을 열었다. 피자 두 판과 치킨이 바닥에 깔려 있었다. 아이들은 사흘은 굶은 사람처럼 먹고 있었다. 콜라를 따라 주던 남자가 나를 향해 손을 흔들었다.

버디?

내가 매일 걸레로 닦고, 닦고, 또 닦은, 자리에 버디가 앉아 있었다. 남편은 식탁 위 영정사진 속에서 나를 못마땅하게 바라보고 있었다. 나는 아이들의 등을 차례대로 때리고, 낯선 사람한테 문을 열어줬다고 한바탕 악다구니를 지르고 나서, 버디를 노려봤다.

"아빠 친구라고 해서."

둘째가 등을 문지르면서 피자를 입에 구겨 넣었다. 아빠 친구? 내가 버디를 노려보며 소리 지르자 버디가 무안한지 웃었다. 헝. 헝. 헝.

"애들 굶겼나봐. 엄청나게 잘 먹네. 저번에 마더 언니랑 모였을 때, 통화하는 소리 들었거든. 애들 라면이나 먹고 있을 거 같아서 배달앱으로 시켰지."

버디는 머리를 긁적였다. 내가 버디에게서 봤던 바닥을 버디가 나에게서 보고 있는 것 같았다. 집은 어떻게 알았어? 나는 바가지 긁듯 따져 묻다가, 그날 내가 빈속에 소주를 마시고 흔들거리자 버디가 데려다줬던 게 떠올라 입을 다물었다. 이럴 땐 버디가 남자를 좋아한다는 게 천만다행이었다. 그러나 창문을 열면 윗집 아랫집의 귀가 같이 열리는 터라 버디를 끌고 동네 놀이터로 나왔다. 나는 편의점에서 맥주 두 캔을 산 다음 버디한테 내밀었다. 그네에 앉아서 캔을 받는 버디가 어릴 적 친구 같았다. 나는 낮에 면접관이 했던 말을 버디한테 했다.

"남편의 직장동료니까, 죽은 남편이 나름대로 손을 쓴 건가?"

버디가 말해놓고 형, 형, 형, 웃었다. 더 알아보다가 영 갈 데 없으면 가야지. 나는 대답하고 맥주를 꿀꺽꿀꺽 마셨다. 버디는 고양이 여인에 대해서 말했다. 고양이 여인을 불러낼 수 있는 장소, 시간, 주술 방법. 믿기지 않는 이야기를 천연덕스럽게 했다. 방금 계단을 올라오면서 몸속에 숨겨놨던 자존심까지 다 버린 나는 주술에 끼고 싶지 않았다. 죽은 남편까지 밥을 챙겨줘야 하나, 한숨이 나왔다. 지친 내 입에서 단내가 났다.

"지금 심정으로는 애들한테 닥칠 불운이 문제가 아니야. 셋이 손잡고 딱 죽고 싶어."

푸념을 늘어놓자 버디가 내 어깨에 손을 올려 두드렸다.

"언니랑 나랑은 소중한 사람을 잃은 거야. 애들에게 닥칠 불운 때문이 아니라, 우리 마음을 위로받는 의식이라고 생각하자. 언니네 집 근처야. 우리 처음 만났던 거기. 소복 여기 있으니까 예쁘게 입고 와, 언니."

버디의 코맹맹이 소리와 애교에 나는 또 한 번 넘어가고 말았다.

*

충북 제천시 청풍면 학현리 마을 뒷산에 누워 있는 남근석의 조각과, 서울 근교 관악산에 누운 남근석, 수락산의 남근석, 북한산 지장능선의 남근석, 가평 운악산의 남근석, 강릉 성산면 위촌리의 남근석 등. 마더는 전국 팔도의 남근석 조각 아흔아홉 개가 담긴 병을 쭉 늘어놓았다. 그러니까 이 돌가루들이 버디의 아파트값이었다. 차라리 그 아파트 나를 주지. 미친 버디.

싸늘한 바람이 지하도 끝에서 불어와 바닥에 굴러다니는 검은 봉지를 날렸다. 줄줄이 켜진 형광등 아래 우리가 입은 소복이 섬뜩하게 펄럭였다. 지하도 중간에 문이 있었다. 과거에 남근석이 이곳에 세워져 있었다고 했다. 인적이 드문 시간이었다. 보름달이 떴는지 확인해보지는 않았지만, 보름날 제의가 시작되었다. 마더가 진지한 얼굴로 병뚜껑을 하나씩 열었다. 나는 지하도 양쪽에서 혹시 사람들이 오지 않을까 마음을 졸였다.

소복 속에 입은 스커트가 배를 조였다. 정장이 없어서 예전에 입던 것을 꺼내 입고 낮에 몇 군데 면접을 보고 왔다. 월급이 놀랄 정도로 많으면 다단계나 정수기 판매, 건강식품 판매 아웃소싱이었고, 그 밖의 일들은 월급이 터무니없이 적었다. 집에서 살림만 하던 여자를 받아줄 곳이 없다는 건 익히 들었지만, 현실은 그 말도 쏙 들어가게 썼다. 은행에서는 매일 독촉하고 있었다. 나는 어디든 들어가서 시고모와 은행과 주변 사람들을 안심시켜야 했다.

이 지역이 옛날부터 음기가 셌거든. 외곽순환고속도로를 받치고 있는 저 받침들이 남근이나 같다고 여기 있던 남근석을 밀어버렸지. 다 소용없이 이 지역은 다시 음기가 센 지역이 된 거여. 지금 우리가 서 있는 이 지하도 중간이 남근석이 있던 자리고, 음기가 가장 센 부분이지. 아흔아홉 개의 남근석을 여기 있는 백 번째 남근석에 뿌리면 고양이 여인이 구멍에서 나타날 것이고, 그때 은장도를 얻으면 돼. 이모가 말했다. 마더가 뚜껑을 열어 차례차례 남근석 가루를 뿌렸다. 자동차 소리가 머리 위에서 쉴 새 없이 들려 신비감을 깨주었다. 나는 오전, 오후에 있던 면접에 뛰어다닌 후라 피곤해서 하품이 나왔다. 이모와 버디가 자꾸 내 얼굴을 흘끔거렸다. 나는 이를 악물어서 하품을 삼켰다. 그런데 은장도로 찌를 과부는? 의문이 고개를 들었다. 주위를 둘러봐도 마더와 이모와 버디 그리고 나밖에 없었다. 주술의 마지막을 위해 장례식장 꽤나 뒤지고 다닐 마더와 이모의 모습이 그려지자 졸음이 가셨다.

우린 죽은 남편 불러낼 필요 없어. 시집가서 얼굴 한번 보고 손 한번 잡고 죽은 남편이 뭐가 그리워? 마더가 말했다. 옆에서 이모도 퉁퉁거렸다. 술만 먹었다 하면 때리고 계집질하던 남편을 뭐 좋다고 불러내? 어디 가서 잘 죽었지, 암. 이모는 죽은 남편이 살아 돌아올까봐 몸서리쳤다. 마더가 넋두리처럼 말했다. 지금은 죽기 전에 밥 한 끼 못 해준 거 미안해 울지? 살아봐. 내 서방은 왜 돈은 안 벌어놓고 죽었는가, 왜 먼저 가서 자식이랑 나랑 생고생시키는가, 원망할 거여. 자식새끼들이랑 바득바득 사느라 죽은 남편이 죽도록 미운 순간이 있을 거여. 그립다가 밉다가 원망스러워서 밤마다 자식들 몰래 서럽게 울 날 많을 거여. 마더와 이모가 전국 각지의 산을 돌며 고생한 것은 순전히 버디를 위해서였다.

남편을 따라 죽으려고 했어. 마더 언니가 내 등짝을 때리며 타일렀어. 그 사람을 불러줄 테니 죽지 말라고. 자신한테 비법이 있으니 믿어보라고. 마더의 말과 함께 버디가 했던 말이 떠올랐다.

나는 마더와 이모의 애정을 받는 버디가 부러워서 그의 모습을 보았다. 남근을 달고 남근석을 뿌리고 있는 버디의 모습은 기이하지만, 몸 전체가 염원하는 게 느껴졌다. 남편을 불러내겠다는 바람. 남편의 마지막 순간을 보지 못한 나는 골초가 되어 바짝바짝 말라갔다. 슬픔도 생활고에 쪼그라든 것일까?

마더와 버디가 열던 아흔아홉 개의 병은, 마더가 뒷골이 아프다며 물러서고 나서 이모와 내가 열기 시작했다. 나는 남편을 잃은 슬픔보다는 당장 은행에서 가져갈 상환금이 걱정이었다. 상환금을 주고 나면 나와 아이들은 길바닥에 나앉을 판이었다. 닥쳐오는 현실을 피할 방법이 없었다. 외로웠다. 그날 말을 걸어준 사람이 누구였든 나는 그의 말을 들었을 것이다. 모여서 고기를 구워 먹고, 서로의 이야기를 나누며 위로를 받자 뭐든 하고 싶었다. 현실을 도피하려는 마음과 외로움과 남편에 대한 죄책감이 뒤섞여 주술을 함께하게 되었다.

그날 화장실 문을 열었을 때 남편은 바지를 무릎까지 내린 채 쓰러져 있었다. 음모에 꽂힌 남근은 쪼그라들어 고단해 보였고 낯설었다. 5년 동안 관계를 갖지 않으면서 서로의 성기를 들여다보고 만질 일이 없었다. 남편은 채권을 추심하느라 바짝 선 뇌신경이 터지고 심장마비가 온 것이 아니라 성기가 먼저 죽은 것 같았다.

나는 수십 번, 수백 번, 남편이 죽기 전의 시간을 되짚었다. 그날 퇴근하고 들어오는 남편의 얼굴을 보지 않고 선풍기 커버의 지퍼를 올리고 있었다. 화장실에서 물소리가 20분 넘게 들리는 사이에도 나는 선풍기 커버의 지퍼를 붙들고 진땀을 흘렸다. 지퍼를 끝까지 올리고 나서야 화장실에서 물소리만 나고 인기척이 없다는 것을 깨달았다. 문을 열고 남편의 성기를 보기까지 20분이 흘렀다. 그사이 남편은 성기가 죽고 뇌출혈로 뇌가 죽고 심장이 죽고 있었다. 조금만 더 빨리 화장실 문을 열었더라면, 남편은 아직 살아 있을지도 모른다.

내가 마지막 병을 열어 남근석을 뿌렸다. 바닥에는 아흔아홉 개의 병이 뒹굴었다. 파도치듯 머리 위를 훑고 지나가는 자동차 소리 외에 아무 일도 일어나지 않았다. 마더와 이모는 지하도의 양쪽 통로를 확인했다. 버디는 실망감에 주저앉았다. 에이씨. 버디가 남자 목소리로 욕을 했다. 마더가 버디에게 다가가지 못하고 주춤거렸다. 우리는 혹시 기다리면 될까 싶어 한 5분 정도를 서 있었다. 나는 지친 다리를 끌고 집을 향해 걷기 시작했다.

"내가 이 산 저 산 타느라고 얼마나 고생했는데. 이것이 안 나타나? 고양이 여인인가 뭔가. 에이, 은장도가 없으면 어때. 이 돌가루에 과부 피나 섞어보자고. 마더, 어때?"

이모가 마더를 채근하는 말이 들렸다. 나는 피곤해서 정신이 몽롱했다. 잡아. 등 뒤에서 뛰어오는 발소리가 들렸다. 나는 뒤돌았다가 살기등등한 이모의 눈과 마주쳤다.

나? 음기에 눌려 죽은 남편을 가진 게 나라고?

나는 정신이 번쩍 들었다. 죽이는 게 아니라니까. 손가락에서 피만 살짝 빼서 뿌리자고. 이모가 쫓아오며 소리 질렀다. 나는 그럴까, 망설이며 뒤를 돌아보았다. 주저앉은 버디가 나한테 손짓했다. 어서 도망가. 버디가 소리쳤다. 나는 뛰기 시작했고 이모에 이어 마더가 늙은 몸으로 쫓아왔다. 안 잡아 묶어. 마더의 목소리가 지하도 안에 음산하게 울려 퍼졌다. 나는 뛰면서 소복을 벗어 바닥에 던졌다. 저고리를 벗어서 지하도 입구 계단에 던져버리고 그곳을 빠져나왔다. 검은 고양이 한 마리가 내 앞을 지나갔다. 나는 우리 집 안방 장롱 속을 향해 달렸다. 빌라 계단을 두 개씩 밟고 올라갔다. 떨리는 손으로 문을 열었다. 거실에 남편이 서 있었다.

주술이…… 성공했나?

이거나 올려봐. 남편은 나한테 선풍기 커버를 던지며 텔레비전을 틀었다. 나는 남편이 쓰러진 날, 붙들고 있던 선풍기 커버의 지퍼를 만지작거렸다. 남편의 장례를 치르고 온 다음 선풍기 커버를 찢어버렸었다. 나는 선풍기 커버의 지퍼를 끌어 올렸다. 뭔가에 걸려 올라가지 않고 뻑뻑했다.

"나 배고파. 밥 줘."

남편은 화장실로 향했다.

"잠깐. 밥 먹고 씻어."

나는 선풍기 커버를 던져놓고 된장찌개를 올렸다. 밥을 푸고 김치와 반찬을 놓았다. 밥상을 텔레비전 앞에 차려주었다. 남편은 벽걸이 텔레비전을 기분 좋게 들여다보며 천천히 밥을 먹었다. 다시 살아 돌아왔으니 됐어. 당신은 채권 추심을 하고 나는 빨래를 할 거야. 나한테 왔던 불행들은 모두 악몽이었는지도 몰라. 나는 그녀들을 만나 고양이 여인을 불러낸 것에 감사했다. 그 밤 흘렸던 대추에, 비방을 알고 있던 마더에게, 남편을 부르려던 버디에게, 팔도를 돌며 남근석을 긁어모았다는 이모에게.

남편이 숟가락을 놓고 물을 마셨다. 나는 밥상을 치우려고 싱크대로 갔다. 잘 먹었다. 남편은 팔을 뻗어 기지개를 켰다. 나는 설거지통에 그릇을 담그고 물을 틀었다. 잠시 뒤 고개를 돌려보니 남편이 보이지 않았다. 화장실에서 물소리가 들렸다. 주춤주춤 다가가 화장실 문을 열었다.

"당신…… 갔어?"

화장실 문을 닫으며 나는 주저앉았다. 수돗물 소리가 요란해서 실컷 울 수 있었다.

*

"고객님께서 이렇게 나오실 경우, 법적 절차가 진행될 것이며, 채권 추심 전문 업체로 서류가 넘어갈 경우……."

나는 협박과 회유에 들어갔다. 버디, 제발 전화를 끊어. 이자는 이자를 낳고 연체된 이자는 몸이 불어나 원금보다 커지는 법. 버디는 이미 신용불량자였다. 서류가 제3의 추심 업체로 넘어갈 경우, 피 빨리는 빚 독촉에 시달릴 것이다. 제발 전화를 끊어. 전화기를 던져버려.

"이모가 사기꾼이었어. 이모가 전국팔도를 돌아다녔다고 했던 것도 거짓말이었어. 이모가 돈 들고 날랐다고. 내가 살던 옥탑 빼고 고시원에 사는데도 병원비를 못 대겠어. 노인네가 반신불수로 일어나지도 못해. 아흔이 넘은 노인네가 죽지도 않아. 하루하루 병원비에 이자에 피가 말라."

버디의 거친 숨소리가 수화기 안에서 멀어질 때까지 나는 정해진 협박을 하면서 우리가 나누었던 그날 밤을 떠올렸다.

버디가 말했듯 그와 나에게 필요했던 것은 애도의 시간이었다. 버디는 순간의 애도를 위해 인생을 버렸다. 버디가 내게 원했던 것은 피였을까, 슬픔을 공유하는 시간이었을까. 지금 돌이켜보면 내 피를 얼마든지 나누어 줄 수 있을 것 같다. 그러나 그때나 지금이나 나는 버디의 고혈을 쥐어짜고 있는 처지였다.

나는 음기가 세다는 동네에서 이사했다. 외곽순환고속도로 아래 지하도를 걸어 다닐 일이 없어졌다. 한 번쯤 가봤지만 아흔아홉 개의 병들은 치워지고 돌가루 대신 쓰레기가 굴러다녔다. 주술이 행해지던 밤에는 의식하지 못했던 것들이 보였다.

— 본 시설물은 ○○시 시설관리공단에서 관리하고 있으니 불편 사항이 있으시면 아래로 연락 주시기 바랍니다. ○○시 시설관리공단(가로보안등팀)

바닥과 양쪽 벽에 촘촘히 타일이 박힌 지하도를 걸어 나올 때 애도의 시간이 지나갔다는 느낌이 들었다. 더는 슬프거나 두려워 울고 싶지 않았다. 내 오른쪽에는 죽은 남편이 왼쪽에는 시어머니가 그 옆에는 시아버지가 나란히 걷고 있었다. 나는 외롭지 않았다. 우리 옆에 버디의 죽은 남편까지 걷고 있을지도.

거미의 눈

아이들 몸에는 만지지 말아야 할 삼각형이 있다. 양쪽 어깨를 길게 연결한 직선의 양끝에서, 다리 사이로 꼭짓점을 만들면 삼각형이 된다. 삼각형 안은 남자아이든 여자아이든 만지면 안 된다. 아이들 간에도 만지지 말라는 성교육을 한다. 유치원 때부터.

아들의 손이 가 있는 곳은 여자아이의 귓불이었다. 아들은 귓속말을 했다. 여자아이는 고개를 끄덕였다. 아들은 여자아이를 두고 교실 뒤로 갔다. 배드민턴 라켓처럼 생긴 자그마한 채를 들고 솜털 공을 치기 시작했다. 퐁퐁. 탄력이 떨어지는 공은 멀리 날아가지 않았다. 퐁가룬이었다. 공을 주고받는 랠리가 이어지다가 공이 바닥으로 떨어졌다. 곁에 섰던 다른 남자아이 둘이 채를 들고 다가왔다. 기다려. 아들이 고함을 질렀다. 다른 녀석들은 아들에게 날아온 공을 쳐내더니 바닥으로 굴렸다. 룰이 순식간에 바뀌었다. 두 아이가 솜

털 공을 아이스하키 경기처럼 바닥에서 치고 골대로 정해놓은 둥근 공간에 몰아넣었다. 아들이 채를 집어 던지고 공을 뺏어간 아이한테 달려들었다. 한데 엉겨 바닥을 구르며 치고받기 시작했다. 선생이 다가가서 아이들을 떼놓았다.

"저 녀석이 룰을 어겼어요. 억울해요."

아들이 소리쳤다. 선생은 씨근대는 두 아이를 나란히 세워놓고 화해하게 했다. 종소리가 울렸다. 나는 구석에 숨어서 지켜보고 있다가 몸을 폈다. 공개수업 전에 일부러 일찍 와서 지켜보고 있었다. 담임선생은 나를 알아보고 야단치던 것을 멈추었다. 두 아이를 자리에 가서 앉게 한 다음 교탁으로 갔다. 아들이 자리에 가서 앉자마자 책상 밑으로 손을 뻗어 짝의 손을 잡는 게 보였다. 아들이 귓속말했던 여자아이였다. 짝이 아들의 손을 마주 잡더니 삼각형의 꼭짓점으로 집어넣었다. 내 머릿속이 암전되었다가 불쾌한 불이 켜졌다. 나는 주변을 살폈다. 다른 아이들은 책을 꺼내고 자리를 정돈하느라 분주했다. 담임은 긴장한 얼굴로 칠판을 점검했다. 학부모들이 하나둘 나타나 교실 뒤를 채웠다.

공개수업 내내 나는 내 아들만 지켜봤다. 아들은 짝에게 줄곧 귓속말을 했다. 짝은 책상 위 종이에 글씨를 적어 보여주었다. 내가 계속 지켜보자 짝의 얼굴이 굳어졌다. 짝은 입을 다물고 수업 내내 발표도 하지 않았다. 공개수업 후에 나는 아들을 위해 뭔가를 해야 하지 않을까 심각하게 고민했다.

내가 학부모 보안관을 하게 된 이유였다. 아들의 학급에서 먼저 시작했던 놀이는 알까기였다. 아들은 룰을 따지면서 싸웠다. 다음이 공개수업 때 본 풍가룬이었다. 풍가룬은 응용이 가능한 놀이였다. 아들은 정해진 룰이 없어서 고함을 지르며 몸싸움을 한다고 했다. 내 눈으로 확인하려고 공개수업 전에 숨어서 지켜본 것이었다. 내가 보기에 가장 큰 문제는 짝이었다. 며칠 후 담임에게 전화가 왔다. 담임은 짝인 라희 옆에 가까이 가지 않도록 아들에게 주의를 주라고 했다. 아들을 닦달해봤지만 라희와는 아무 문제가 없다고 했다. 라희 만지지 마. 라희 옆에 가지 마. 나는 아들에게 말했다. 아들은 내 얼굴을 물끄러미 바라볼 뿐 시원하게 대답을 하지 않았다.

초등학교 3학년 아이라면 연예인과 가수를 좋아하고, 컴퓨터 게임을 즐기면서 엄마에게 짜증을 부리기 시작하는, 자식이 원수가 될 싹이 돋는 시기였다. 아이들과 놀이를 하다가 질 것 같은 상황에 직면했을 때, 욱하는 성질을 부리는 것이 문제라면 그 성질은 분명 나한테서 왔다. 나는 아들이 열 살이 되고 나서부터 아들을 보면 소리를 질렀다. 아들은 손톱을 뜯어 먹기 시작했다. 나는 라희 옆에 가지 말라고 했다. 복합적인 문제를 가진 아이를 위해 학교에서 시키는 것은 무엇이든 해야 할 입장이었다. 하루에 한 번씩 운동장을 빗자루로 쓸라고 해도 할 마음이었다. 학부모 보안관쯤이야.

학부모 보안관은 1년에 네 차례 하는 일이었다. 봄, 여름, 가을, 겨울. 철마다 한 번씩. 오후 두 시 반부터 세 시 반까지 한 시간 동안 해야 했다. 2인 1조로.

봄과 여름에는 진아 엄마와 짝이 되었다. 보안관 모자를 쓰고, 노란 조끼를 입었다. 모자는 서부영화의 보안관이 쓰는 것처럼 생겼고, 조끼에는 '학부모 보안관'이라고 적혀 있었다. 목에는 파란색 호루라기를 걸었고 오른손에는 단추를 누르면 불이 켜지는 붉은 봉을 들었다. 아이스커피를 왼손에 들자 완벽했다. 커피를 홀짝이며 동네를 돌았다. 반에서 일어나는 아이들 간의 사건과 학원 이야기를 떠들다 보면 한 시간이 금방 지나갔다. 아이를 위해 하는 일치고 이만큼 쉬운 봉사가 또 있을까.

가을에는 라희 엄마와 같은 조가 되었다. 보안관 모자와 조끼와 붉은 봉까지는 좋았다. 그러나 라희 엄마와는 서먹했다. 라희 엄마도 그 일을 입에 올려야 할지 말아야 할지 머뭇거리는 듯했다. 목까지 올라온 이야기를 입안에서 굴리고 있는 것 같았다. 나란히 걸으면서 어쩌다 눈이 마주치면 식은땀이 났다. 보이지 않는 가느다란 끈이 내 몸을 친친 감은 것처럼 껄끄러웠다. 교문에 다다랐을 때 가느다란 거미줄이 보였다. 라희 엄마는 끝내 말을 하지 않았다.

나는 '폭설에 교통이 마비되어 학부모 보안관은 취소되었다'는 문자 메시지가 오기를 기다렸다. 도로의 눈은 내리는 족족 녹았다. 인도와 좁은 길에만 눈이 남아 있었다. 길은 미끄러울 것이고 진창일 것이다. 그보다 마음이 불편해서 나가고 싶지 않았다.

학교에 가봐야 할 시간이 다가오자 별수 없이 집을 나섰다. 아들이 잘못한 뭔가를 사과해야 할 입장이었기에 뜨거운 커피를 두 잔 샀다. 이런 날에는 밖에서 놀 아이들도 없을 것이다.

잦아들던 눈발이 굵어졌다. 우산을 쓰고 커피를 트레이에 넣어 학교로 향했다. 교무실에 들러 보안관 모자를 쓰고 점퍼 위에 조끼를 걸쳤다. 서류의 아들 이름 옆에 사인하며 라희 이름을 찾았다. 이미 사인이 돼 있었다. 안내 선생이 묘한 웃음을 흘리며 말했다.

"교문 앞으로 먼저 나가셨어요."

나는 눈빛으로 왜 웃냐고 물었다. 선생은 다시 사무적인 미소를 지을 뿐이었다. 나는 교문 앞에서 라희 엄마를 보지 못했기에 의아해하며 밖으로 나갔다. 붉은 봉을 옆구리에 끼고 우산을 들었다. 교문까지 가는 길이 미끄러워 발을 헛디뎠다. 커피가 쏟아졌다. 울컥 화가 치밀어 오르면서 억울했다. 나는 커피를 쓰레기통에 던져 버렸다. 몸속에 한기가 든 것 같아 한 모금 마시고 버릴걸, 하는 아쉬움에 돌아보았다. 아이들을 픽업하러 온 엄마들의 차가 교문 옆에 나란히 서 있었다. 둘러봐도 라희 엄마는 보이지 않았는데, 길옆에 익숙한 노란 조끼가 보였다. 두툼한 패딩을 입고 우산을 쓴 터라 못 알아본 것이다. 나는 애써 표정을 풀고 웃는 낯을 만들었다. 패딩의 옆구리를 살짝 건드렸다. 패딩이 나를 향해 돌아섰다.

"라희 아빠입니다. 라희 엄마가 몸이 안 좋아서 제가 월차 내고 대신 나왔어요. 오늘 잘 부탁합니다."

입이 떨어지지 않아서 고개만 끄덕였다. 라희 엄마한테 배신감이 들었다. 남편을 대신 보낼 것이었으면 미리 문자를 줬어야 한다. 이 남자와 한 시간 동안 동네를 돌아야 한다니. 막막함에 눈을 맞으며 발밑을 내려다봤다.

"자, 어느 쪽으로 가면 될까요?"

라희 아빠가 물었다. 나는 가장 짧은 코스를 머릿속에 그렸다. 초등학교에서 오른쪽으로 인도를 따라가다가 사거리가 나오면 횡단보도를 건넌 다음 직진. 또 사거리가 나오면 왼쪽으로 틀어서 직선으로 걷다가 마지막 사거리에서 학교 쪽으로 걸은 후 교문에 도착. 중간에 있는 아파트 단지가 하나, 첫 번째 교차로에 또 한 단지, 직선으로 걷는 거리에 두 단지. 긴 직사각형을 그리며 걷는 길이었다. 길은 단조로웠고 이 초등학교에 속하는 아파트 주위의 인도를 걸으면 되었다. 나는 오른쪽 길을 가리켰다. 그가 앞장서서 걸었다. 나는 뒤따라가면서 눈에 익은 엄마들과 인사를 했다.

'라희 아빠야.'

나는 입술만 움직여서 말했고 그들은 안됐다는 표정과 재미있다는 호기심을 얼굴에 드러내며 웃었다. 톡이 울렸다.

'눈 오는 날 데이트하는 기분이겠다. 라희 아빠 잘생기셨네. 조심해. 고생하고.'

톡이 또 울렸다. 나를 보는 눈이 사방에 있었다. 시선을 의식하고 싶지 않아서 우산으로 얼굴을 가리고 천천히 걸었다.

이 동네 아이들과 엄마들의 생활은 학원을 중심으로 돌았다. 학교가 끝나자마자 엄마들은 아이들을 픽업해 영어학원과 수학학원으로 데려갔다. 스포츠는 유행에 따라 한 가지씩 격을 맞췄는데 팀을 이루어 아이스하키를 하거나, 실내 골프, 생활 체육을 했다. 특기로 야구를 하기도 했다. 체육 특기생으로 키우려는 아이의 부모는 국가대표 출신 감독과 연을 댈 감독이 오라는 곳이면, 히말라야라도 갈 열정으로 뛰었다. 학교에서 하는 줄넘기 인증제를 위한 줄넘기 학원과 취미인 인라인 따위는 초등학교 이전에 섭렵했다. 수준 있는 영어학원에 가기 위해 유명한 선생에게 과외를 받았다. 수학학원도 결국 최고의 학원으로 가기 위한 레벨 테스트 경쟁이었다. 이런 정보는 특정 엄마들에 의해 수집되고 퍼져 나갔다. 정보를 얻기 위한 모임과 교류는 교묘한 방식으로 이루어졌다.

초등학교에서는 알까기나 풍가루, 보드게임 같은 놀이를 했다. 교과서는 보는 둥 마는 둥 대충 넘어갔다. 친구들과 싸우지 않고 원만한 인간관계를 형성해 담임에게 신뢰를 얻기 위한 인성 교육은 또 다른 학원에서 이루어졌다. 문제를 자주 일으키거나 다른 아이들에게 피해를 주는 아이는 성적이 좋아도 학교폭력위원회를 열어 다른 학교로 보내버렸다. 집 밖에서 밤까지 학원을 도는 아이들은 갈수록 난폭해지는 것 같았다. 폭력 성향이 있는 아이들은 금방 소문이 나서 문제아로 낙인찍혔다. 견디지 못하는 엄마들은 이 동네를 떠났다.

아들이 당면한 문제는 라희였다. 나는 담임에게 보안관으로서 보답하고, 라희 엄마와 이 문제를 해결해야 했다. 아니, 라희 아빠와.

손이 시렸다. 우산 앞에 우두커니 서 있는 라희 아빠의 발이 보였다. 이 동네에서 아빠들이 아이 교육에 개입하는 경우는 엄마가 맞벌이하는 경우였다. 라희 엄마는 전업주부로 알고 있었다. 담임의 애매한 태도와 라희 엄마가 화를 내지 않고 머뭇거리는 것, 그리고 라희가 무엇을 잘하는 아이인지에 대한 소문이 없는 걸 보면, 해결의 우위는 내 쪽에 있는지도 몰랐다. 다행히 아들은 공부를 잘하는 아이였다. 엄마들과의 친분이나 신뢰도, 여론의 움직임도 내 쪽이 유리했다. 그래, 라희 아빠와 해결해보자. 오늘의 해결이 무리 없는 4학년을, 중학교를, 고등학교의 내신까지 이어질 것이니. 복잡한 머릿속의 생각을 눈 위에 발자국을 찍으며 더듬었다.

"손 시리실 텐데, 이거 하나 주머니에 넣으세요. 일부러 두 개 챙겨왔어요."

라희 아빠가 핫팩을 내밀었다. 나는 손이 시리던 차라 핫팩을 받았고 그것으로 우산대를 감싸서 잡았다. 손이 한결 따뜻했다. 몰래 버릴 커피는 챙기면서 장갑을 챙기지 않은 아둔함에 화가 났다. 라희 아빠에 대한 경계심이 풀리면서 커피 버린 걸 후회했다. 따뜻한 차를 한 모금만 마셔도 몸이 풀릴 것 같았다. 어느 결에 라희 아빠와 나란히 걷고 있었다.

"혹시……."

이제 라희에 대한 말을 시작할 건가. 나는 풀었던 경계심의 단추를 채우면서 우뚝 멈추어 섰다. 라희 아빠의 입에서 하얀 입김이 새어 나왔다.

"나신초등학교 나오지 않으셨나요? 김나현 아닌가요?"

나는 방심하고 있다가 한 대 얻어맞은 사람처럼 삥해져 고개를 끄덕였다.

"나 모르겠어? 난 단번에 알아봤는데. 나야, 나."

그의 얼굴과 눈을 찬찬히 살폈다. 나는 우산을 놓쳤다. 가슴이 일순간 요동치면서 속이 울렁거렸다. 학부모 보안관 모자가 벗겨졌다.

선생님 종민이가 자꾸 제 치마를 들쳐요.

에이, 종민이가 나현이를 좋아해서 그래.

나신초등학교는 우리 집에서 산을 넘어가면 있었다. 종민이는 학교 근처에 사는 아이였고 반장이었다. 나는 종민이가 하는 장난들 때문에 매일 울면서 집에 돌아갔다. 엄마와 아빠는 종일 밭에서 일하다가 집에 오면 밥 먹고 잠들기 바빴다. 내 말을 들어줄 기운이 없었다.

종민이가 내 가슴을 주무른 날, 나는 선생님에게 말을 하다가 입을 다물었다.

선생님 종민이가······.

왜 남자애들이 하는 못된 짓을 다 장난이라고 할까.

이 이야기를 엄마에게 하면 여자애가 몸가짐을 단정하게 하지 않아서 그렇다고 오히려 야단을 칠 것이었다. 아빠가 언니에게 했던 말이 가슴에 남아 있었다. 나는 종민이 때문에 학교에 가기 싫어서 진종일 산을 헤매고 다녔다.

그 종민이였다. 초등학교가 폐교됐을 때, 내가 얼마나 시원해했는지 아무도 모를 것이다.

라희 아빠인 종민이가 손을 내밀었다. 어릴 때 내 몸을 만지던 종민이의 손이 다가오자 온몸에 소름이 돋았다. 그 손에 닿지 않으려고 뒷걸음질 치다 엉덩방아를 찧고 주저앉았다. 양발을 버둥거리며 몸을 뒤로 뺐다. 종민이가 내 몸을 일으키려고 두 손을 어깨에 댔다.

"저리 가."

나는 더러운 것을 털어내듯 소리 지르며 일어났다. 자동차 경적이 울렸다. 인도 옆에 자동차가 섰다. 아는 엄마였다.

"무슨 일이에요? 도와줘요?"

비상등을 켠 차에서 두 여자가 내렸다.

"왜 울어요? 도대체 무슨 일이 있었던 거예요?"

라희 아빠가 손을 내저었다.

"그냥 넘어진 걸 일으켜주려던 것뿐입니다."

아는 엄마의 차를 타고 떠나면서 길에 남아 있는 라희 아빠를 보았다. 종민이가 서 있었다.

엄마들 사이에 나쁜 소문이 퍼지는 건 시간문제였다. 소문은 학원 정보를 주고받는 카페에서 퍼지기 시작해 카톡으로 돌았다. 이 동네의 아이들은 미술을 잘하되 화가가 되면 안 되고, 피아노를 잘 쳐도 음대를 가면 안 되는 묘한 방식의 교육을 받았다. 자신들의 아버지들처럼 의사나 판사, 검사, 변호사, 교수가 돼야 했다. 엄마들의 전직도 남자들에 못지않았다. 치과의사도 한의사도 하물며 교수였던 여자들도 아이를 위해 직업을 놓았다. 교양 있는 여자들의 입소문은 교묘하고 날카롭고 빠르게 퍼졌다. 소문의 씨앗이 사라질 때까지. 소문 속 아이의 부모가 특정 직업을 갖지 않은 평범한 사람들일 경우, 소문을 퍼트리는 집단의 결속력은 더 단단해졌다. 그 평범한 아이가 혹시나 자신의 아이보다 공부를 잘할 경우, 경쟁자를 미리 몰아내는 방식으로 소문은 이용되었다.

진짜 무슨 일이 있었는지는 중요하지 않았다. 말이 더해지며 각색되고 편집되면 전혀 다른 스토리가 만들어졌다. 소문의 씨앗이 될 어떤 여지도 주면 안 되었다.

종민에게 전화가 온 건 소문이 나돌고, 종민이가 성추행범이나 강간범으로 몰리기 시작하면서였다. 나는 굳게 입을 다물었다. 오래

전 일에 대해 복수를 했다기보다, 그저 나서고 싶지 않았다. 내 속에서는 그때의 일이 어제 일처럼 살아나 불이 타올랐다 꺼졌다를 반복했다. 이 사건으로 인해 라희와 아들과의 일까지 해결되었으면 했다. 그 일이 무엇이든 간에.

종민은 아내와 같이 나왔다. 수척해진 몰골로 콧등으로 흘러내리는 안경을 연신 추켜올렸다. 나는 종민에게 묻고 싶었다. 그때 나한테 했던 장난들을 기억하고나 있니?

"이 사람에게 그날 별일 없었다고 말 좀 해줘."

내가 고개를 바짝 들고 노려보자 종민이 말꼬리를 붙였다.

"말 좀 해주세요. 이 사람까지 나를 오해하고 있어요."

나는 종민의 눈을 빤히 쳐다보며 무언의 물음을 던졌다. 너는 어릴 때 내게 했던 짓을 기억하고 있는 거야? 그 일부터 사과해야지.

"라희가 말을 안 해서 그런데요. 라희 팬티에 동전만 한 피가 묻어 있었어요. 우리는 이 문제 때문에 얼마나 속을 끓였는지 몰라요. 아드님한테 들은 이야기 없나요? 아드님이 라희 치마 들치고 그런 건 아시죠?"

나는 입이 말라서 탁자에 놓인 물을 들이켰다. 어떻게든 피해자에서 가해자로 돌변한 내 입장을 변명해야 했다.

"치마 들친 건 장난이죠. 남자애들이 좋아하는 여자애들한테 하는."

종민의 눈빛이 흔들리는 것을 나는 놓치지 않았다. 종민은 눈을 내리깔더니 고개를 숙였다. 이제 기억난 것일까? 라희 엄마가 기가 막힌 얼굴로 혼잣말처럼 되뇌었다. 장난이요?

"팬티에 피가 묻은 건 다른 문제죠. 만일 처녀막이……."

라희 엄마는 얼굴을 붉히며 울먹였다.

"산부인과 가서 검사 받아보셨어요?"

라희 엄마가 주먹을 꽉 쥐고 말했다.

"우리 딸은 고작 열 살이라고요. 그런 검사는 끔찍해서 못해요."

"이보세요. 우리 아들도 어린애라고요. 처녀막? 그런 게 뭔지도 몰라요. 우리 아들이 그랬다는 증거도 없으면서 너무하시는 거 아니에요? 이 자리는 그 말을 하러 나온 게 아니잖아요."

종민이 다시 고개를 들었다. 억울하다는 눈빛이었고 할 말이 있지만 참고 있는지 목울대가 꿈틀거렸다. 나는 이를 꽉 물고 고개를 쳐들었다. 여기서 밀리면 이 동네에서 살아남지 못한다.

"그런데 이 사람하고 초등학교 동창이라면서요?"

라희 엄마가 느닷없이 말을 돌렸다. 나는 대답하지 않고 종민을 노려보았다. 종민은 출렁이던 목울대가 보이지 않을 만큼 고개를 숙였다.

"당신이랑 저 여자랑 무슨 일 있었다는 거 나 믿지 않아. 우리 라희를 생각하면 당신이 그럴 사람이 아니라는 거 내가 알아. 라희가 우리한테 어떤 딸인데."

라희 엄마가 울음을 터트렸다. 나는 창밖으로 고개를 돌렸다. 동네에 있는 이 카페는 테이블이 네 개 놓여 있는 작은 곳이었다. 이 카페는 인기가 많았다. 산지 직송 원두로 사장이 직접 로스팅해 만드는 커피는 여자들의 미각을 사로잡았다. 커피올림픽에서 우승한 트로피도 여럿 진열되어 있었다. 표면적인 이유는 이것이고, 진짜 이유는 각종 학원 정보가 교환되는 핫플레이스라는 데 있었다. 옆 테이블의 여자 둘이 마주 앉아 소곤거리다가 라희 엄마를 흘깃거렸다. 창밖으로 아이를 학원에 데려다주는 여자들이 두엇 보였다. 나는 아들에 대한 소문이 퍼질까봐 애가 탔다. 이 여자는 왜 갑자기 울고 난리일까. 나는 자리를 박차고 일어났다. 눈물이 묻은 얼굴을 치켜든 라희 엄마가 이를 악물고 말했다.

"우리 딸 건드리는 것들은 내가 눈알을 다 뽑아버릴 거야."

나는 자리에 털썩 주저앉았다. 눈알이 뽑히는 것처럼 몸이 떨렸다.

"방금 뭐라고 하셨어요? 도대체 우리 아들이 뭘 어쨌다고 눈알을 뽑아요?"

종민이 자기 아내를 끌고 카페를 나갔다. 나는 태연한 척 커피를 들이켜고 다른 테이블에 앉아 있던 여자들에게 어깨를 한 번 으쓱해 보였다. 종민이 문을 열고 들어와 내 앞에 서서 말했다. 화가 난 목소리가 아니라 절망적이고 처참한 목소리였다.

"네가 나한테 왜 이러는지 도대체 모르겠어. 제발, 라희 엄마한테 제대로 말해주면 안 되겠니?"

모른다고? 어릴 때 일은 기억조차 못 하는구나. 나는 발끈해서 소리쳤다.

"우리가 무슨 일이 있었다고 그래? 네 아내가 널 못 믿는 거잖아."

종민은 애원하던 태도를 바꾸고 차갑게 말했다.

"넌, 참 나쁜 어른이 되었구나."

내 안의 뭔가가 세차게 고개를 저었다.

"나는 내 아들만 생각할 뿐이야."

종민이 질 낮은 사람을 보며 지을 만한 표정을 눈에 드러냈다. 나는 종민의 시선을 피해 창밖을 보았다. 창밖에 미세하게 그어진 거미줄이 있었다.

메타세쿼이아가 늘어선 길을 걸었다. 미세먼지가 몰려와 사방에 뿌연 막을 쳐놓았다. 집을 향해 걸으면서 열 살 적 나를 불러냈다.

아침에 산을 헤매고 다니다 보면 거미가 밤새 쳐놓은 거미줄이 보였다. 나무와 나무 사이에 있는 그 얇은 그물에는 하루살이가 잔뜩 걸려 죽어 있었다. 나는 산을 한 바퀴 돌면서 산딸기나 머루를 따 먹었다. 개복숭아를 따 먹고, 시간이 지나가길 기다렸다. 맹감의 시큼한 맛을 보다가 문득 고개를 돌리면, 거미줄에 나비가 걸려 있었다. 노랑 무늬가 어룽진 거미가 다가와 먹잇감을 둘둘 말고 즙을 빨아 먹었다. 맹감 열매가 이 사이에서 시큼하게 터졌다. 나는 식사 중인 거미와 눈이 마주쳤다. 산을 헤집고 다닌 내 얼굴과 팔에 실처럼 가느다란 거미줄이 걸려 있었다. 내 몸을 감고 있는 거미줄을 떼다가 거미의 눈을 노려봤다. 두 개로 보이지만 여덟 개인 거미의 눈. 나는 막대기로 거미가 쳐놓은 그물을 망가뜨리고 거미를 바닥에 떨어뜨려 밟아 죽였다. 내 몸을 감고 있는 보이지 않는 이 기분이 뭘까를 생각했다. 종민이 내 치마를 들치거나 치마 속을 보거나, 가슴을 주무른 일이 큰일일까. 그냥 장난인데, 장난은 내 몸을 해치지 않는데, 나는 왜 수치스러울까. 부끄럽고 끔찍한 그 무엇은 언제까지 내 몸을 감고 놓아주지 않을까.

학교가 끝날 때가 되면 집으로 돌아갔다. 며칠을 산에서 보내는 동안 아무도 나를 찾지 않았다. 비 오는 날, 나는 비를 피할 곳이 없어서 학교에 갔다.

메타세쿼이아 가지 사이에 거미줄이 있었다. 손을 뻗어서 거미줄을 걷어냈다. 거미줄에 미세먼지가 묻어 있어서 손에 감기는 이물감이 꺼림칙했다. 바지에 손을 문지르고 걷다 보니 운동기구가 몇 개 놓인 공원이 나왔다. 올라타서 허리 운동을 하는 기구 아래에 거미줄이 있었다. 거미가 없는 빈 거미줄이었다. 나는 거미줄을 손으로 뜯어냈다. 집에 돌아와 손을 펴 보니 새까맸다.

"너, 라희한테 무슨 짓 한 거야? 바른대로 말해봐."

책상에 앉아 있는 아들의 뺨을 치며 소리 질렀다. 아들이 나를 노려봤다.

"라희는 만날 엄마한테 야단맞고 매 맞는 나를 위로해줬을 뿐이야. 나는 아무 짓도 안 했어. 엄마는 나한테 소리만 지르지? 나는 엄마 자식인 게 싫어. 엄마가 이럴 때는 죽어버렸으면 좋겠어. 라희는 나한테 소리 안 질러. 소리 안 지른다고. 당장 내 방에서 나가버려."

아들이 나를 밀어내고 문을 잠갔다. 나는 문을 두드리면서 외쳤다. "너, 수학학원 갈 시간이야. 빨리 나와서 가방 챙겨."

계속 문을 두드렸지만, 아들의 우는 소리만 들렸다. 나는 방문 열쇠를 찾아 싱크대 서랍과 신발장 서랍을 거칠게 여닫기 시작했다. 하얀 싱크대에 검은 손자국이 찍혔다. 아들이 열 살이 되고는 아들만 보면 울화가 치밀었다.

종민이는 모범생이에요. 품행이 반듯하고 늘 일등만 하는 아이죠. 게다가 어머니가 육성회장님이세요. 저 애가 얼굴이 예쁜 것도 아니고, 공부를 잘하는 아이도 아닌데 도대체 뭘 보고 자꾸 장난을 치는지 모르겠어요.

어린 나를 한심하게 바라보며 담임이 했던 말이 들렸다. 나는 서랍이 부서져라 여닫았다. 뭘 찾고 있었던 건지 잊어버렸다.

열 살의 내가 손톱을 뜯어 먹으며 구석에 앉아 있었다. 학교에 찾아온 아빠는 상기된 낯을 모자챙에 감추었다. 공부를 못하고 학교를 일주일이나 빠진 아이는 문제아였다. 아빠의 낡은 바지와 흙물이 든 손톱을 보았다. 아빠의 손가락이 미세하게 떨렸다. 담임은 종민이에게 주의를 주겠다고 했다. 그러나 종민이네 엄마가 알면 조

거미의 눈 **161**

용히 지나가지 않을 거라고 말했다. 내 몸은 이미 보이지 않는 거미줄에 감겨 있었다.

'학교 e알리미'로 공문이 왔다. 학부모 보안관을 없앤다는 내용이었다. 예산 문제로 주민센터에 이관하기로 했으니, 남은 한 달을 봉사하기로 했던 학부모는 책임감 있게 마무리해주길 바란다고 했다. 두 명의 학부모가 보안관 모자를 쓰고 동네를 도는 게 무슨 예산이 들까 싶었다. 나와 종민의 일이 학교에까지 알려진 건 아닌지 의문이 들었지만 알아볼 도리가 없었다. 담임에게 전화가 왔다. 액정에 뜬 담임의 이름을 보자 명치가 막혔다. 아들을 위해 과거는 덮어야 했다. 과거의 그날도 내가 참고, 별일 아닌 것처럼 지나갔으면 아빠가 고개 숙일 일은 없었을 것이다. 종민에게 아들이 한 일만 사과하고 마무리 지었으면 수치심의 그물에 걸릴 일은 없었을 텐데.

"라희가 전학을 가게 되었어요. 아셔야 할 것 같아서요. 들으셨는지 모르지만, 라희가 선택적 함묵증이 있는 아이였거든요. 학교에서 말을 안 하는 아이였어요. 라희 어머니가 정확히 따지지 못하고 넘어간 건 라희가 어머니한테도 말을 안 했기 때문이에요. 저도 뭘 정확히 본 게 아니라, 말을 하기 애매했어요. 라희 어머니가 더는 문제 삼지 않아서 조용히 넘어갔지 뭐예요."

라희가 말을 안 해서, 라고 하던 라희 엄마의 말이 그제야 이해가 되었다. 담임은 뭔가 더 할 말이 있는 것처럼 머뭇거리더니, 학부모 보안관 하느라 노고가 크셨다고 말하고 전화를 끊었다. 담임의 목소리에서 가늘고 투명한 거미줄이 솟아 나와 휴대폰을 들고 있던 손목을 감고 올라오는 것 같았다. 거미줄을 뜯어내듯 손을 털었다. 나는 아들을 픽업하러 학원으로 향했다. 이제 다 해결되었다. 이 동네를 떠난 것은 내가 아니라 종민이다. 핸들을 잡고 운전하면서 안도의 한숨을 내쉬었다. 학원 앞에서 아는 엄마들을 마주쳤다. 평소의 그녀들 같으면 다가와 인사를 할 텐데, 고개만 까딱하고 자신들의 차로 가버렸다. 차에서 내려 라희네가 이사 갔다고 말하려던 나는 서늘한 뒷덜미를 만지작거렸다. 라희 아빠와 별일 없었다는 이야기도 시원하게 해야 하는데. 나는 비상등을 켜고 아들이 나오기를 기다렸다.

"엄마, 애들이 엄마 강간당했대."

차 안에 가방을 벗어 던지며 아들이 말했다. 나는 급브레이크를 밟았다. 뒤에서 출발하던 차가 같이 급브레이크를 밟더니 경적을 울렸다.

"무슨 헛소리야? 도대체 그런 말은 어디서 듣고 다니는 거야?"

아들은 룸미러로 나를 쳐다봤다. 나는 목소리를 한 톤 낮춰서 다시 물었다. 아들이 문을 잠가놓고 통곡한 날, 다시는 소리 지르지 않겠다고 약속했다. 그러나 순간순간 잊었고, 그때마다 아들은 게임 시간을 늘리는 방법으로 거래를 했다.

"학원에 소문 쫙 났어. 엄마들이 그렇게 말했대. 라희 아빠랑 그렇고 그랬다고."

뭐? 나는 있는 대로 소리를 질렀다. 그녀들의 눈알을 뽑아버리고 싶었다. 아들은 창밖에 시선을 두고 말했다.

"이제 나 이 학원 안 다닐래."

아들은 나와 눈을 마주치지 않고 친구들과 엄마들을 욕했다. 나는 학원 앞에서 마주쳤던 엄마들의 눈이 생각났다. 그녀들은 내가 도착하기 전에 내 이야기를 하고 있었을 것이다. 신호가 걸려 차가 잠시 정차했다. 나는 며칠째 울리지 않던 카톡을 열어 확인했다. 잠잠했다. 나를 제외하고 다른 방이 만들어졌을 것이다. 그녀들은 거기서 내 소문을 만들어 퍼트리며 나를 밀어내고 있을 것이다. 나는 룸미러로 아들의 눈을 보며 말했다.

"엄마랑 라희 아빠랑 아무 일도 없었어. 그냥 길에서 넘어졌을 뿐이야."

아들은 나와 눈을 마주치고 고개를 돌렸다. 아들은 손톱을 뜯어먹기 시작했다. 등수를 매기지 않는 초등학교에서도 아들은 상위권이었다. 각종 경시대회에서 상을 받아 왔고, 학교에서 하는 대회라는 대회는 모두 다 나갔다.

미세먼지가 도시를 덮은 날이었다. 주차를 하고 차에서 내리며 손으로 코를 가렸다. 뿌연 먼지가 시야를 채웠다. 흐릿하게 먼지에 잠긴 호수가 보였다. 종민의 주소를 어렵게 알아냈다. 그의 가족은 호수가 있는 일산의 아파트로 이사했다. 종민의 아내는 전화를 받지 않았고, 종민이 문자를 보냈다. 카페로 나가겠다고 했다. 그의 친절이 고마웠다기보다 두려웠다. 그에게 씌운 올가미가 나한테 돌아왔다는 것을 어쩌면 들어서 알 것이다. 종민에게 말할 생각이었다. 나와 종민 사이에 아무 일도 없었음을 공개적으로 말해달라고. 단체 카톡방을 만든 다음에 공언하면 되었다. 효과가 있든 없든 해볼 생각이었다.

엄마들 사이에서의 은근한 따돌림과 소문을 견디기 힘들었다. 동네를 떠나야 할지도 몰랐다. 나는 아들을 위해 버티고 싶었다. 필요하다면 무릎이라도 꿇을 생각이었다. 내 속은 거미줄로 엉키더라도 과거에도 견뎠으니 현재도 견디다 보면 지나가지 않을까.

흙물 든 손을 떨며 앉아 있던 무기력한 아버지처럼은 되지 말자, 아들을 위해 기만이나 가식이더라도 보안관의 모자를 쓰자, 다짐하고 나선 참이었다. 호수를 덮고 있는 탁한 먼지는 도시 전체를 휘감은 거미줄 같았다.

종민에게 오기 전 아들을 다그쳐 듣고 말았다. 아들은 태연하게 말했다. 아들은 열 살 때 내가 아니었다. 끝까지 입을 다물고 내면에 거미줄을 치는 어른은 되지 않을 것이다. 그것이 성별의 다름에서 오는 것인지 피해자와 가해자의 차이에서 비롯된 것인지 모르지만, 나는 이미 비명을 지를 준비가 되어 있었다.

"라희 팬티에 손을 넣어봤어. 손가락으로 거기를 찔러봤어. 라희는 가만히 있었어. 아무도 라희랑 놀지 않았는데, 나만 라희랑 놀았거든. 손가락이 뜨겁고 축축해서 얼른 뺐어. 라희한테 미안하다고 사과했어. 라희는 괜찮다고 말했어."

나는 아들의 등을 때리면서 외쳤다.

"거짓말! 라희는 말을 못 하는 아이잖아."

아들은 울면서 나를 노려봤다. 그 눈 속에 종민이가 있었다. 라희가 있었고, 라희의 엄마가 있었다. 어디에서도 풀지 못한 상처를 속에 품고, 거미줄을 뜯고 다니는 열 살의 내가 있었다. 거미의 눈처럼 여덟 개의 눈이 모든 방향을 응시했다. 여덟 개의 눈이 두 개로 합쳐져 아들의 눈이 되더니 말했다.

"아니, 라희는 나한테 말을 해. 내 말만 듣고 나한테만 말한다고. 엄마는 내 말 믿은 적 없지? 엄마는 나 미워하면서 왜 낳았어? 아무리 열심히 공부해도 소리만 지르면서."

호수 위에 깔린 미세먼지를 헤집고 가느다란 줄이 나를 향해 날아왔다. 30년이 지나도 왜 이런 일들은 선명하게 떠오를까. 어디에 웅크리고 있다가 올가미를 던질까. 줄은 거미줄이었다가 그물이 되어 문을 열고 천천히 내 앞으로 걸어왔다.

엄마는 내가 뭐가 되고 싶은지 알기나 해? 아들이 묻던 말이 들렸다. 이 동네, 아니 이 도시 아이들에게 꿈이란 게 있었나? 다 정해진 미래를 살고 싶어서 발버둥 치며 버티는 거 아니었나? 나는 몸을 반으로 접고 엎드려 있는 와중에 생각했다. 아들에게 물었다. 그래, 넌 뭐가 되고 싶은데? 아들의 목소리가 차분해졌다. 유튜브 크리에이터. 뭐? 아들은 다시 되뇌었다. 유튜브 크리에이터. 나는 헛웃음을 치며 속으로 중얼거렸다. 게임에 빠져서 헛소리를 하는구나. 잠시 후 아들은 컴퓨터 화면을 내게 보여줬다. 아이들 사이에서 이름이 난 크리에이터가 강연을 하고 있었다. 방청석에 앉아 그의 이름을 외치는 아이들의 얼굴을 카메라가 훑고 지나갔다. 라희와 아들의 얼굴이 스쳤다. 라희랑 갔니? 내가 묻자 아들은 고개를 끄덕였다. 라희도 너를 만진 적 있지? 아들은 얼굴을 붉혔다. 라희가 널 좋아하니? 아들은 뭔가를 이해받았다고 여겼는지 한층 부드러워진 눈으로 나를 보았다. 어쩐지 종민에게 할 말이 생긴 듯했다. 내 속에서 엉킨 거미줄, 그 안에 알을 낳은 어미 거미가 스르륵 다가오고 있었다.

나는 고개를 들고 그들을 봤다. 라희의 손을 잡은 종민이 서 있었다. 라희의 손목을 봤다. 손목이 가냘팠다. 그 무엇도 지킬 수 없을 만큼.
"네 딸이 내 아들 만진 건 알고 있니? 네 딸이 시작한 일이야."
종민이 라희의 손을 놓았다. 종민은 라희에게 물었다. 아니지? 제발 아니라고 한 마디만 해줘. 그러나 라희는 침묵하고 있었다. 종민이 라희의 양쪽 어깨를 붙잡고 채근했다. 어서 말을 해. 종민이 잡은 것은 삼각형의 시작점이었다. 아이의 몸에서 만지지 말아야 할 그 삼각형. 라희는 작은 주먹으로 삼각형의 중심을 있는 힘껏 두드렸다.

라희가 고개를 돌려 내 눈을 봤다. 라희의 눈빛은 흔들림 없이 서늘했다. 나는 어릴 적 죽였던 거미의 눈을 떠올렸다. 여덟 개의 구멍으로 내 모든 수치심을 훑어보던 눈. 평생 내 몸을 감아놓을 얇고 가느다란 줄을 뿜어내기 전에 마주치던 눈.

라희의 눈초리에 실금 같은 물이 흘렀다. 나는 그 눈동자에 비친 나를 보다가 고개를 저었다. 아니다. 저 아이는 아니다. 거미줄을 뜯다가 거미가 되어버린 건 나다. 수천 개의 눈에 되비친 자신의 모습을 부정하다가 시력을 잃은 거미. 나를 묶을 올무는, 거미줄은, 내 속에서 끊임없이 생겨나고 있었다.

톰볼로

터널 끝에 이르자 햇빛이 치고 들어와 아무것도 보이지 않았다. 남편은 액셀을 밟았다. 자동차에 뭔가가 와서 부딪치는 소리가 들렸다. 바퀴가 짓뭉개고 지나가는 것이 발밑에 느껴져 현은 소름이 돋았다. 남편이 브레이크를 밟아 바퀴가 공회전하는 소리가 현의 귀를 파고들었다. 자동차 바퀴가 도로를 거칠게 긁는 소리와 함께 현의 몸이 앞으로 튕겼다가 돌아왔다. 현의 머리가 공중으로 떠오르다가 툭 떨어졌다. 현의 귀에서 혈액이 뜀박질하다가 이명이 되어 길게 이어졌다. 영원처럼 정적이 흘렀다.

"뭐야?"

휴대폰에 코를 박고 있던 딸이 고개를 들었다. 남편은 갓길에 차를 세웠다. 세 사람은 뒤로 고개를 돌렸다.

"살쾡이야."

남편이 손가락으로 뭔가를 가리켰다. 현은 살쾡이를 본 적이 없었다. 고양이 같아. 현이 중얼거리자 남편이 현을 노려봤다. 현이 탄 차가 친 살쾡이는 뒤차에 한 번 더 치여 창자가 터져 있었다. 남편이 차를 출발시켰다. 딸은 로드킬 인증사진을 남긴다며 사진을 찍어댔다. 남편은 미간을 찌푸리고 입을 굳게 다물었다. 죽은 살쾡이를 SNS에 올린다는 딸을 나무라지도, 현에게 괜찮으냐고 묻지도 않았다. 사이렌이 울렸다. 구급차 세 대가 꼬리를 물고 지나갔다. 현은 서울로 돌아가고 싶었다. Y시는 시댁이 있는 도시였다.

현의 앞에 또 다른 터널이 이어졌다. 우리 이혼하자. 어둠에 옆모습이 묻힌 남편이 말했다. 좋아요. 현이 대답했다. 재산은 반씩 나누고 당신이 민아 키워요. 남편이 고개를 끄덕였다. 단조롭고 지루한 터널의 어둠이 현을 감쌌다.

"나는 이혼 기념 선물로 고양이 사줘, 아빠."

뒷좌석에서 휴대폰을 들여다보던 딸이 말했다. 룸미러로 본 딸의 눈은 터널 천장의 불빛이 반사돼 묘하게 반짝였다. 나 고양이 분양 알아본다. 엄마 없으면 고양이 끌어안고 살 거야. 남편이 고개를 저었다. 안 돼. 고양이는 냄새가 심해. 털도 많이 빠지고. 딸이 시트를 발로 차며 말했다. 둘이 이혼해도 되니까, 고양이 사달라고. 터널 천장의 형광 불빛이 길게 띠를 이루며 현의 머리 위를 지나갔다. 터널 안에서 웃는 듯 우는 듯한 경고음이 들렸다. 터널 벽에 두 개의 초록불이 켜져 깜빡였다. 현은 비명을 질렀다. 엄마 왜? 딸이 물었다. 살쾡이 눈에 불이 켜진 거야. 남편이 딸에게 말했다. 아까 죽은 **살쾡이**네, 가족인가? 살쾡이는 벽에 붙어 있을 수도 있어? 딸이 자동차 뒤를 돌아보며 중얼거렸다. 쓸데없는 소리. 남편은 딸에게 말하며, 어쩐지 현을 비웃는 것 같았다.

남편은 고속도로 출구 지점에서 K시 쪽으로 방향을 틀었다. Y시가 아니라 왜 K시인지 설명하지 않았다. 꾹 다문 얇은 입술이 심술궂게 일그러졌다. 아무런 설명 없이 다른 사람 앞에 던져졌을 때, 그럴듯한 추측으로 연기를 해야 하는 답답함을 현은 견디며 살았다.

대교를 건너자 바다가 보였다. 정유공장 단지에서 연기가 났다. 공장을 배경으로 깔고 있는 바닷물은 오물을 닦아내는 걸레처럼 더러웠다. 딸이 입을 벌리고 차창 밖을 바라보다가 휴대폰으로 찰칵찰칵 사진을 찍었다. 딸은 왜 이 길로 가느냐고 묻지 않았다. 현은 자신이 물어도 남편이 대답해줄 것 같지 않아 입을 다물었다. 비린 바다 냄새가 창을 뚫고 들어왔다.

식당 앞에 차를 세운 남편은 누군가를 찾는 것처럼 두리번거렸다. 남편은 차에서 내렸다. 남편을 따라 식당으로 들어가자 상이 차려져 있었다. 생선 대가리가 눈을 부릅뜨고 있는 회와 몸이 두 조각난 로브스터, 피투성이 멍게, 썩은 손가락 같은 해삼, 전복, 비린 게장, 샐러드와 밑반찬, 그리고 샤부샤부 국물이 끓고 있었다. 그 옆에 가지런히 자른 갯장어 살이 있었다.

남편이 휴대폰을 현의 손에 넘겨주었다. 밥 먹고 들어가라. 거긴 식당이 없다. 휴대폰을 귀에 대자마자 시아버지가 말했다. 오랜만에 듣는 시아버지의 목소리가 낯설고 걸걸했다. 시아버지는 인사나 다른 말은 없이 전화를 끊었다. 엉거주춤 서 있던 현은 입안이 바싹 말라 물부터 들이켰다. 물에서도 비린내가 났다. 갯장어를 채소와 끓는 육수에 익혀 먹는 하모 샤부샤부는 이 고장의 보양식이었다. 남편은 시꺼멓게 군은 얼굴로 현의 앞에 앉았다. 현은 주춤거리다가 딸 옆에 자리 잡았다. 남편이 현과 딸을 바라보았는데, 그 시선이 따가웠다. 남편은 조개 국물부터 한 숟가락 떠 입에 넣었다. 현은 가득 차려진 밥상을 보자 숨이 찼다. 음식 먹는 벌을 받는 기분이었다. 현은 남편의 입을 쳐다봤다. 같이 먹자는 권유 없이 식사가 시작되었다. 딸이 망설이다가 구운 생선을 접시로 가져가 뜯었다. 현은 샤부샤부 한 점을 얼결에 입에 넣었다. 비린 맛이 났다. 해삼을 집어 초장에 찍어 먹었다. 비위가 상해 뱉어내고 싶었다. 현은 물과 함께 해삼을 삼켰다. 현은 로브스터를 뜯어 딸의 밥 위에 올려주었다. 딸이 현을 바라봤고 둘은 눈을 마주쳤다. 할아버지 앞에서 이혼 이야기 꺼내지 마. 현은 남편을 힐끗 보며 경고했다. 번들거리는 입술을 오물거리던 딸이 말했다.

"고양이 사주면 말 안 할게."

남편과 현은 씹던 입을 멈추고 딸을 봤다. 남편은 딸을 무섭게 노려봤지만, 끝내 현에게는 눈길을 주지 않았다. 현은 손에 쥔 숟가락을 놓았다. 이 동네 넘치는 게 고양이인데 그걸 뭐하러 집에서 키워. 털 날리고 냄새나게. 고양이들이 영물이라 조심해야 돼. 남편이 표정을 풀고 딸을 나무랐다. 현은 입안에 있던 음식을 억지로 넘겼다. 먹는 것을 멈춘 딸은 남편에게 고양이 이야기를 듣기 시작했다.

"여기에 고양이섬이 있어. 길고양이들이 하도 많으니까 싹 모아서 섬에 넣어 놨어. 물 빠지면 길이 나. 그 길을 톰볼로라고 해. 조개 껍데기랑 자갈이 섞인 길인데, 고양이들이 물 닿는 걸 싫어하잖아. 그래서 길이 나도 건너오지는 않아. 관리하는 사람이 그 길로 걸어가서 사료를 던져 주고 온다니까. 처음에는 몇 마리 안 됐는데 새끼를 얼마나 낳는지, 지금은 밤에 불이 환하게 켜져."

오글오글한 고양이들의 눈을 상상하자 현은 소름이 돋았다. 해산물에서 나는 냄새가 고양이 냄새처럼 비릿했다. 남편의 차에 치여 창자가 터져 죽었던 짐승의 피 냄새라면 이럴까. 죽은 짐승은 눈을 부릅뜨고 현을 노려보고 있었다. 로드킬 당한 짐승은 다음 차에 또 치일 것이고, 그다음 차에 치인 다음 납작해져 말라갈 것이다. 밤이면 죽기 전에 봤던 현의 얼굴이 찍힌 눈알이 초록으로 빛날 것이다. 여기까지 생각이 미치자 현은 명치에서 덩어리가 올라왔다. 갯장어살이 현의 명치를 턱 막았다.

"대박, 무슨 불? 나 인증샷 찍을래."

"밤에 고양이 눈에 불이 켜지잖아. 한꺼번에 여러 눈에 불이 들어오니까, 섬이 불덩어리가 돼. 처음에는 사람들이 무서워했는데, 익숙해지니까 반딧불처럼 보이더라고."

현은 고양이 눈 덩어리로 만들어진 섬을 연상하다가 물었다.

"그런 섬은 집 앞에 없었잖아요. 언제 생겼어요?"

남편은 현을 보지 않고 신경질적으로 해삼을 찔렀다. 우리 집 이
사 갔잖아. 현은 남편의 '우리 집'이라는 말을 곱씹었다. 왜 나한테
는 말을 안 했어요? 남편은 대답하지 않고 현의 눈을 지그시 바라
봤다. 그 눈동자 안에 터널을 진입하며 했던 말이 쓰여 있었다. 현
은 남편에게서 시선을 거뒀다. 현의 반응에 아랑곳없이 남편은 하
모 샤부샤부를 먹고 있었다. 저 기운을 다 모았다가 어디에 쓰려고
그럴까. 현은 차디찬 남편의 얼굴을 샤부샤부 냄비에 처박고 싶었
다. 현은 회 한 점을 초장에 담그며 시아버지를 대면할 생각에 마음
을 다잡았다. 남편은 원수를 보듯 현을 보다가 인상을 찌푸리며 고
개를 돌렸다. 아빠는 고양이섬의 불이랑 고양이들 이야기를 어떻게
알아? 딸이 물었다. 주말에 아빠 낚시 다녔잖아. 줄곧 여기로 와서
이 근처에서 했거든. 남편이 선선히 대답했다. 아, 아빠 토요일마다
외박한 게 여기였어? 딸은 현한테 시원한 답을 준 것처럼 남편이 아
닌 현을 봤다.

"여기서 살래? 너 좋아하는 고양이도 원 없이 보고, 고양이섬도
있는데."

딸은 고개를 저었다. 고양이섬이나 빨리 가자. 딸의 숟가락질이
빨라졌다. 남편은 딸의 호기심을 자극할 만한 고양이에 관한 이야

기를 계속 꺼냈다. 남편은 딸에게 자상하게 이야기한 적이 없었다. 현은 남편의 고향이 남편의 묶인 마음을 풀어놓은 것은 아닐까 짐작했다. 딸은 자상한 아빠가 낯설었던지 남편의 이야기를 듣다가 넋을 놓고 있었다. 밥 먹어. 남편이 말하자 딸은 밥 한 숟가락을 입에 물고 고개를 끄덕였다. 딸은 밥 먹다 말고 휴대폰으로 찍은 사진을 남편 앞에 내밀었다. 남편이 딸을 바라보는 눈초리가 매서웠다. 현이 딸을 나무라며 휴대폰 화면을 봤다. 줌으로 당겨 찍은 죽은 살쾡이는 현이 머릿속에 그리고 있던 그 모양 그대로였다. 현의 눈에는 살쾡이가 아니라 고양이로 보였다. 현은 사진을 확대하려고 손을 내밀었다. 딸이 재빨리 휴대폰을 집어 하모 샤부샤부 사진을 찍었다. 남편은 하모 샤부샤부를 연신 끓는 육수에 넣었다. 현은 남편과의 외식도 마지막이라고 여기자 시원섭섭했다. 남편도 현과 같은 마음일지 몰랐다. 고향이 마음을 풀어준 것이 아니라 마지막 식사라는 것에 마음속 빗장이 풀린 건지도.

남편과 식탁에 앉아 있을 때 현은 언제나 이물(異物)이었다. 현은 남편과 밥을 먹는 것보다 텔레비전과 먹는 게 입맛이 돌았다. 남편과 밥을 먹을 때는 침이 말랐고 삶을 견디느라 끼니를 때우는 기분, 밥알이 아니라 흙을 씹는 기분이었다. 현이 남편에게 애정이 있었을 때는 현 자신이 남편이 보는 인터넷 뉴스이거나 축구거나 야구였으면 하고 바랄 때가 있었다. 현은 축구나 야구가 될 수 없었지만, 현이 밥을 다 먹는 동안 남편이 기다려주길 원했다. 단 한 번이라도.

남편이 자리를 털고 일어나 나갔다. 딸과 현은 식은 밥과 국 앞에 남겨졌다. 식당 유리창으로 자동차에 앉아 휴대폰을 들여다보는 남편의 모습이 비쳤다.

사택에 들어서기 전까지 정유공장의 철근과 유조탱크가 이어졌다. 외계행성에 떨어진 것처럼 철근 구조물들이 운집해 있었다. 공중에서 보면 거대한 정글짐처럼 보일 것이다. 철근으로 만든 사막에 들어선 것처럼 앞, 뒤, 옆이 모두 철근이었다. 그러나 이곳의 남다름은 시각이 아니라 후각이었다. 기계들이 만들어내는 냄새가 공단의 경계를 구분 지었다.

내비게이션을 들으며 남편이 길을 찾아갔다. 덤프트럭이 지나가자 먼지가 일어났다. 인가는 보이지 않았다. 남편은 불친절한 표정으로 앞만 보고 있었다.

"고양이섬이 이렇게 멀어? 우주선을 갖다 버린 쓰레기장 같아."

뒷좌석의 딸이 코를 막고 투덜거리더니 휴대폰 검색을 시작했다. 남편은 차를 천천히 몰다가 시아버지에게 전화를 걸었다. 먼저 가 있어라. 남편이 전화를 끊고 좌회전했다. 현은 가슴을 툭툭 두드렸다. 후쿠오카에 고양이섬이 있대. 대박. 사람보다 고양이가 더 많은 섬이라는데. 괜찮아 우린 코앞에 고양이섬이 있잖아. 일본까지 안 가도 돼. 딸이 말했다. 고양이는 냄새나니까 안 사줄 거야. 고양이 절대 안 돼, 오케이? 남편이 룸미러를 보며 말했다. 그러느라 길을 놓쳤다. 남편은 차를 세우더니 후진했다. 그럼 오늘 고양이섬에 가서 인증샷은 찍게 해줘. 안 그러면 아빠가 로드킬한 고양이 사진 인스타에 올릴 거야. 아빠 사진하고 같이. 그리고 할아버지한테 엄마랑 아빠 이혼한다고 이를 거야. 남편이 브레이크를 거칠게 밟았다. 차를 세운 남편이 몸을 뒤로 돌려 딸을 노려봤다. 딸은 움찔했다. 그 따위가 협박이 될 거라고 생각해? 남편이 몸을 앞으로 향하면서 현의 옆을 스쳤다. 기름 냄새와 다른 사람 냄새가 현의 코로 들어왔다. 현은 메슥거리던 속이 진정되는 느낌이 들었다. 화를 내는 남편의 목소리가 밀어를 속삭이던 목소리와 겹쳐졌다.

　밤새 아이스크림처럼 빨아 먹을 거야.
　현은 다리를 벌리고 소파에 앉아 있었다.
　부드럽고 달콤해.
　남편은 현의 다리 사이에 있었다. 현은 몸을 벌린 채 베란다 창으로 들어오는 달빛을 보았다. 달빛을 받은 남편의 등이 푸르게 빛났다. 순간 남편이 낯설었고 그 짐승 같은 낯섦이 숨 막히게 좋았다. 온순한 개처럼 착한 짐승이 될 거면서 왜 그렇게 버티지? 현은 남편의 정수리를 만지작거리며 생각했다. 아, 진짜 부드러워. 다리 사이에 있던 남편이 기어올라와 입을 맞췄다. 현의 냄새와 남편의 냄새가 현의 입안으로 들어왔다.
　"우린 이게 제일 잘 맞아. 말도 안 통하고, 먹는 거, 생각하는 거,

하나도 안 맞는데."

남편이 현의 귓바퀴를 혀로 핥으며 말했다. 현의 몸이 차갑고 딱딱하게 굳어졌다. 현은 풀어지던 마음의 빗장이 다시 잠기는 소리를 들었다.

사택은 등나무 군락으로 둘러싸여 있었다. 현은 폐에 가득 고인 기름 냄새를 뱉어냈다. 다시 숨을 들이쉬었지만, 등나무 옆에 핀 능소화의 향긋한 냄새는 맡아지지 않았다. 50년 된 주택의 수명만큼 오래된 나무들이 서 있었다. 사과나무와 앵두나무, 보리수가 있었지만 기름에 전 열매를 따 먹고 싶지 않았다. 50평 규모의 주택은 단층으로 땅에 납작 붙어 있었고, 마당에 잔디가 깔려 있었다. 주택을 둘러싼 나무들은 정원사가 관리하는 것처럼 가지런했다. 현은 마당에 서 있는 상수리나무를 올려다보다가 나무들 사이로 바다를 보았다. 바닷가에 정유공장 건물이 생경하게 서 있었다. 그곳에서 흘러나오는 기름 때문에 바닷물은 걸레를 삶은 물처럼 검었다. 현은 명치를 막고 있던 갯장어를 사과나무 둥치에 게워냈다. 주변을 둘러봤지만, 다행히 아무도 없었다. 콧속으로 들어오는 휘발유 냄새를 따라 고개를 들었다. 사택의 주택단지가 보였다.

사택의 집들은 독립적이었다. 숫자로 표시되어 있었고 완고한 나무들이 경계를 만들어놓았다. 그 경계의 끝에는 어김없이 바다와 정유공장이 보였다. 나무들이 집과 사람을 집어삼키듯 보호하고 있는 형국이었다. 그러나 그 무엇도 휘발유 냄새를 막지 못했다. 바람의 방향이 바뀌는 시간에는 악취의 농도가 진해졌다. 현은 바다를 보고 있다가 다시 구토했다. 뒷골이 뻐근하고 위에서 위액이 넘어왔다. 남편에게 내색하지 않기 위해 숲에 숨어들었지만, 사택으로 돌아가야 했다. 시아버지가 퇴근하고 돌아왔을지 몰랐다. 나무 사이에서 바다를 보던 현의 눈에 섬이 보였다. 한 번도 꺼진 적이 없을 기계 소리에 섞여 웅성거리는 소리가 들렸다. 섬이 꾸물꾸물 움직였다. 현은 악취 때문에 시린 눈을 비볐다. 눈을 가늘게 뜨고 움직이는 물체에 초점을 맞췄다.

고양이 몇 마리가 현을 향해 걸어왔다. 고양이는 길든 동물처럼 보이지 않았다. 낯설고 음험하고 위험한 짐승이었다. 더 많은 고양이가 섬의 해안가에 모여들었다.

희미하고 긴 길이 섬과 육지 사이에 있었다. 그 길 중간쯤 밀짚모자를 쓴 남자가 느릿느릿 걸어갔다. 그는 자루를 메고 있었다. 길 끝에서 그는 잠시 망설이는 것처럼 서 있었다. 그가 자루에 든 것을 던졌다. 고양이들이 뛰어올라 먹이로 달려들었다. 남편은 사료를 던져 준다고 했다. 그러나 던지는 것은 닭이나 오리 같은 고깃덩어리였다. 털이 뽑힌 가금류가 남자의 손에서 포물선을 그리며 고양이들에게 날아갔다. 한 번, 두 번, 세 번. 횟수가 거듭될수록 고양이들의 울음소리가 날카로워졌다. 남자의 손짓이 멈추자 고양이들은 서로 먹으려고 물어뜯으며 싸우기 시작했다.

같이 살 수 없어서 죽으라고 버린 거야.

현은 남편이 했던 말이 생각났고, 남편에게 묻고 싶던 말이 스쳤다.

우린 왜 짐승일 때에만 서로에게 가닿는 것일까.

고양이 소리는 곧 기계 소리에 묻혔다. 그러나 기계 소리가 한숨이라도 잦아들면 그 사이로 고양이 싸우는 소리가 들렸다. 사냥이 시작된 비정한 야생의 세계가 현의 등 뒤에서 펼쳐졌다. 멀었지만 길이 있어서 가깝게 느껴졌다. 현의 목과 등을 할퀴어 잡는 것 같았다. 현은 날카로운 발톱에 긁힌 듯 몸을 떨었다. 남편의 차에 치여 죽은 짐승의 사체가 스크린처럼 펼쳐졌다. 구슬처럼 맑은 눈동자와 피 칠이 된 몸. 쏟아져서 모락모락 김이 나던 창자. 그 위를 향해 돌진하던 자동차들. 짐승은 그 순간 죽었던 걸까, 아직 숨이 붙어 있던 걸까. 현은 짐승이 되어 몸이 짓이겨진 채 공포를 곱씹었다.

현은 숲을 헤집고 가다가 뒤를 돌아봤다. 남자가 떠난 길 끝에 까만 점이 보였다. 고양이가 바다에 난 길로는 건너오지 않는다는 남편의 말이 떠올라 안도의 한숨을 내쉬었다. 현은 서둘러 사택을 향해 걸었다.

거실에는 5인용 소파 두 개가 등을 맞대고 있었다. 사택에 있던 것과 시부모가 가지고 있던 것인 듯했다. 식탁도 부엌에 한 개, 거실에 한 개가 놓여 있었다. 두 개씩 놓인 가구들은 낡고 먼지가 쌓여서 거실은 폐가구를 쟁여놓은 창고를 연상시켰다. 시어머니는 미국에 있는 딸에게 간 후 소식이 없었다. 해변의 습기와 석유냄새에 찌든 이곳에 낡은 가구와 늙은 시아버지를 남겨둔 채 떠나버렸다.

텔레비전을 향한 소파에 남편이 잠들어 있었다. 현은 음식을 게워내러 나가기 전 상황을 되짚으며 남편의 뒤통수를 봤다. 남편은 고양이섬에 데려갈 것처럼 딸에게 말해놓고 가지 않았다. 딸은 남편에게 화를 내며 방으로 들어가 문을 걸어 잠갔다. 그다음 딸과 남편에게 무슨 일이 있었는지 현은 짐작하지 못했다.

"여긴 학교가 어디에 있나요?"

자는 줄 알았던 남편이 물었다.

"차를 타고 시내에 나가야 있다. 버스가 한 대씩 있긴 하다만, 다니려면 힘들 것이다. 공장단지라 슈퍼 하나 찾기도 힘들다."

스피커폰으로 시아버지의 목소리가 들렸다. 남편은 버스가 있으면 뭐, 라고 중얼거리고 몸을 돌려 누웠다. 남편은 현을 발견하고 스피커폰을 껐다. 현은 학교를 묻는 남편이 의아했다. 현은 부엌으로 들어가 손을 씻고 냉장고에서 과일을 꺼냈다. 과일은 죄다 썩어 있었다. 시어머니가 집을 비운 지 1년이 넘었다. 현은 시어머니가 영영 돌아오지 않을 것 같은 예감이 들었다. 현은 할 일을 찾지 못했다. 숨만 쉬며 앉아 있었다. 남편은 헝클어진 머리칼을 소파 헤드에 묻고 눈을 감았다. 거실 창으로 마당이 보였다. 냄새만 아니면 넓은 집과 마당 때문에 살 만하군. 현은 중얼거리다가 마당에 내놓은 화분에 눈길이 멈췄다. 다른 집에 있을 때 잘 자라던 화초들이 모두 말라 죽어 앙상했다. 현은 참혹한 기분에 하늘로 고개를 돌렸다. 붉은 노을이 걸려 있던 하늘에 서서히 어둠이 내려앉기 시작했다. 정유 공장에 불이 켜지면서 밤이 왔다. 현은 적막을 견디다가 꾸벅 졸았다. 텔레비전 뉴스가 현의 잠 속으로 미끄러져 들어왔다.

— 마래 제3터널에서 차량 전복 사고가 있었습니다.

서늘한 것이 현의 등을 스쳤다. 너무 조용했다.

"민아 어디 있어요?"

텔레비전을 보며 잠든 남편을 향해 물었다. 남편은 고개도 들지 않고, 손으로 방을 가리켰다. 현은 딸이 묵기로 한 방을 열었다. 너는 애도 안 챙기고 뭐 하고 있었어? 남편이 현에게 고함을 질렀다. 방은 네 개였다. 현은 시아버지의 방문을 열었다. 그 방에 딸린 화장실도 열었다. 중앙에 있는 화장실은 열려 있었다. 다른 두 개의 방을 열었다.

남편이 집 안 구석을 뒤지고 다녔다. 남편은 거실 창을 열고 마당으로 나갔다. 현은 신발장을 보았다. 딸의 샌들이 없었다. 두 사람은 집 밖으로 나왔다. 남편이 딸의 휴대폰을 눌렀다. 바로 음성사서함으로 넘어가버려. 오솔길을 걸어 나가니 큰길이 있었다. 각각의 집으로 연결되는 길목이었다. 누군가 민아를 봤을 거예요. 현이 주위를 두리번거렸다. 여긴 사람들이 차만 타고 다녀. 냄새가 심해서 사택에 살기 싫은 가족들은 남편을 혼자 두고 시내에서 지내. 민아 봤냐고 물어볼 사람도 없을 거야. 남편이 말하고 현과 반대 방향으로 걸어갔다. 현은 큰길을 따라 걸었다. 딸이라면 그 길을 걸어 바닷가로 나가는 길을 찾았을 것이다. 현은 슬리퍼를 끌고 갔다. 달이 밝았다. 해안 건너에 보이는 대교가 달빛을 받아 푸르게 빛났다. 그 아래 배가 지나가고 있었다. 낮에는 흉물스럽던 정유공장이 불을 내걸고 빛을 냈다. 등불을 켜놓고 바닷가에서 파티를 하는 것처럼. 현은 그 빛을 보며 걷다가 구석에 난 샛길로 접어들었다. 길옆에는 테니스장이 있었다. 그러나 길의 중간쯤 철조망이 쳐져 있어서 바닷가로 접근할 수 없었다. 현은 바다를 내려다보았다. 공장 불빛과 다르게 바다 중앙에 떠 있는 빛이 보였다. 달빛을 받아 푸르스름한 바다에 점점이 찍힌 불덩어리. 고양이 눈.

현은 걸음을 멈추었다. 밀물 때라 섬과 육지가 연결된 길은 지워지고 없었다. 섬은 물에 잠겨 있었고 그 검은 덩어리에 반딧불이가 날 듯 초록빛이 뭉텅뭉텅 빛났다. 하늘의 별이 쏟아진 것처럼 작은 불들이 움직였다. 현은 잠시 넋을 놓고 그 불을 눈으로 좇았다. 그러다 온몸의 털이 고양이털처럼 솟구쳤다. 현은 숲길을 지나 큰길로 나갔다. 현은 슬리퍼를 벗어 양손에 들고 뛰기 시작했다. 현이 입구를 따라 걸어 내려온 길에는 지나가는 사람이 한 명도 없었다. 주택들은 있었으나 사람이 사는지 비었는지도 알 수 없었다. 현은 주머니를 뒤졌지만 휴대폰이 없었다. 남편과 헤어졌던 지점을 향해, 시부모의 집 쪽으로 뛰었다. 아름답던 풍경이 지독하고 끔찍해 보였다. 현은 빨리 다른 사람을 만나고 싶었다. 현은 뛰다가 숨이 차서 숨을 몰아쉬었다. 기다렸다는 듯이 휘발유 냄새가 몰려와 폐를 가득 채웠다. 현은 악취에 구역질을 했다. 집 근처에서 통화하는 소리가 들렸다.

"살쾡이든 고양이든 그게 그렇게 중요했을까요?"

남편의 목소리였다.

"고양이섬에 갔을 거예요."

남편 뒤에서 현은 소리쳤다. 현의 목소리를 듣고 남편은 휴대폰을 땅에 떨어트렸다. 현은 헐떡이며 남편의 휴대폰을 주웠다. 여기서 고양이섬까지는 못 걸어가. 어린애가 거기까지 가지 않았을 거야. 남편이 현의 손에서 휴대폰을 낚아챘다.

"당신이 고양이섬에 데려가겠다고 했잖아요. 그리고 가지 않았잖아요. 당신 민아를 몰라요?"

현은 못을 치듯 끊어 말했다. 남편이 차를 끌고 왔고 두 사람이 올라탔다. 차로 가자 고양이섬으로 가는 바닷가는 짐작보다 가까웠다. 두 사람은 차에서 내렸다. 자갈투성이 바다였고 철조망은 없었다. 현은 몸을 떨면서 바닷가로 내려갔다. 정유공장이 시야에서 멀어졌다. 손에 잡힐 것처럼 눈앞에 보이고 요란한 소리가 들려와도 거리가 있었다. 현은 물 가까이 다가갔다가 파도가 발목을 쓸자 뒤로 물러났다. 고양이들이 아우성치는 소리가 파도에 실려 왔다.

"해경을 불러요."

현이 남편을 봤다. 현과 남편은 딸이 사라진 후로도 눈을 마주치지 않고 말했다. 현은 입안이 바짝바짝 말랐다. 기름 냄새 따위 안중에도 없었다. 고양이섬의 불빛이 계속 움직였다. 남편이 말했다. 저기 갔을 리가 없어. 해경이 와도 수심이 얕아 배를 띄울 수 없어. 새벽에 길이 열리면 가자. 현은 다리가 꺾여서 주저앉았다.

"저기가 아니라도 여자아이가 이 시간에 없어졌으면 위험한 거 아니에요? 여자아이라고요. 여기는 사람도 없는 공장지대고요."

현은 남편의 다리를 붙잡고 흔들었다. 남편은 현을 밀어내고 세 걸음 떨어져 시아버지에게 전화를 걸었다. 시아버지는 곧 가겠다고 말하고 서둘러 전화를 끊었다. 남편은 신고하지 않고 시아버지를 기다릴 모양이었다. 현의 창자를 뜨거운 것이 할퀴고 지나갔다.

현은 남편의 뺨을 쳤다. 너 때문이야. 현은 남편의 뺨을 한 대 더 쳤다. 이러니까 너랑 못 산다고 했지. 남편이 현에게 소리쳤다. 네가 죽인 거 고양이였지? 살쾡이가 아니라. 그걸로 민아랑 싸웠니? 현은 남편을 노려보며 물었다. 너나 민아나, 그게 그렇게 중요해? 그리고 저 섬에 데려다 달라고 해서 싫다고 했을 뿐이야. 남편이 말했다. 고양이들이 섬에서 아우성치는 소리가 들렸다. 현은 고양이섬을 향해 고개를 돌렸다. 현은 해 질 녘 먹이를 주던 장면이 스쳤다. 생닭을 던져주면 달려들던 고양이들의 야성이 딸에게 달려들지 말라는 법은 없었다. 고양이섬의 초록 불이 불꽃 튀듯 사방으로 흩어졌다. 현은 몸부림치며 소리 지르기 시작했다. 민아는 저 섬에 있어. 빨리 경찰을 불러. 남편이 다시 시아버지에게 전화를 걸었다. 내가 사람들을 데려가마. 시아버지의 목소리가 들리고 전화가 끊겼다. 현은 몸이 덜덜 떨렸다. 현은 남편의 휴대폰을 뺏으려고 했다. 남편이 주지 않으려고 손을 뒤로 뺐다. 휴대폰은 둥글게 포물선을 그리는 남편의 손에서 빠져나가 바다에 빠졌다. 현이 악을 쓰며 남편의 뺨을 치려 했다. 남편이 현의 손목을 잡았다. 이제 너 때문에 우리 위치도 정확히 알려주지 못하잖아. 남편이 현의 손목을 꽉 쥐었다. 남편의 눈에서 안광이 번뜩였다.

남편이 현을 아이스크림처럼 핥던 그 밤에, 현은 그대로 살아도 괜찮겠다고 마음먹었다. 대화가 통하지 않거나, 마음이 통하지 않아도 살아진다. 몸이 통하는 날까지 살면서 늙으면 되지 않느냐. 누군들 다른 사람의 마음에 완벽하게 가닿는 사람이 있겠느냐.

이혼하자는 말에 대답은 했지만, 남편을 마음에서 놓지 않았으니 끝은 아니다. 딸이 있으니 또 살아지지 않겠느냐.

바닷가에 선 현은 남편을 보며 입술을 깨물었다.

그런데, 꼭 그렇게까지 하면서 살 필요가 있을까.

현은 남편의 손을 털어냈다. 그리고 고양이섬을 향해 걷기 시작했다. 싸우는 사이 물은 섬 쪽으로 밀려나 있었다. 그러나 섬으로 향하는 톰볼로는 드러나지 않은 채였다. 현은 굴 껍데기에 발바닥이 찢기면서 걸었다. 남편이 현의 뒤에 따라붙었다. 우린 정말 맞는 것이 하나도 없어. 자식이 없어진 이 순간에도 너는 남이야. 현이 말했다. 현은 찢긴 발바닥만큼 명치가 쓰렸다. 남편이 현의 팔을 잡았다.

"민아는 저 섬에 가지 않았을 거야."

현은 저물녘 뒤돌았다가 보았던 까만 점을 떠올렸다.

"내가 봤어. 저기 걸어가는 사람이 있는 걸 봤다고. 그게 민아일 거야."

"아니야. 그럴 리 없어. 갔다 해도 멀쩡할 거야. 당신 민아를 몰라?"

현의 다리가 물에 닿았을 때 남편은 현의 앞을 막았다. 현은 바다로 들어가려고 발버둥 치다가 기진맥진한 채 바닥에 앉았다. 정유공장은 불이 켜져 있었지만, 프로그램된 시스템으로 움직였다. 사람의 흔적은 보이지 않았다. 어쩌면 이 바닷가 주택에 현과 남편만 있었던 건지도 모른다. 시아버지가 이곳에 살기는 하는 걸까. 현은 다른 사람을 찾아 도움을 청하려 해도 어디로 방향을 잡아야 할지 몰랐다. 뺨이 멍들고 옷이 젖은 남편이 송장처럼 서 있었다. 현은 빠져나가는 바닷물을 보면서 길이 났던 지점을 가늠했다. 남자가 먹이를 주던 길 끝에서 선을 그어 눈으로 더듬었다.

현은 길의 시작 부분을 향해 걸었다. 발목을 차던 물은 종아리로 올라왔다. 고양이섬 초록 불이 둘씩 꺼졌다 켜졌다 했다. 초록 불이 꺼질 때마다 섬은 검은 덩어리가 되었다. 남편은 나란히 걷지는 않고 뒤처진 채 현이 걸어온 길을 따라왔다. 거리를 두고 보니 마치 물 위를 걸어오는 것처럼 보였다. 현은 물속 길을 몰랐고, 이 고장의 바다도 몰랐다. 현은 고양이섬으로 고개를 돌렸다. 남편이 로드킬한 짐승의 모습이 지긋지긋하게 현에게 따라붙었다.

창자가 쏟아진 채 죽어가던 짐승. 자신이 죽어간다는 것을 모르면서 서서히 몸이 식던 짐승. 그 짐승의 동공에 찍힌 딸과 현.

현은 자신의 환상을 지우기 위해 눈을 감았다. 그 짐승이 고양이라면 딸을 섬으로 홀린 것도 그때부터 시작된 것은 아니었을까. 현은 눈을 꽉 감았다가 떴다. 나타나지 않는 시부도 남편도 고양이들에게 잡아 먹혔을지 모르는 딸도, 모두 꿈속의 사람들이었으면 바랐다.

파도가 치면서 바닷물이 현의 허벅지까지 올라왔다. 현은 숨을 고르고 섰다. 잔별처럼 남은 초록 불이 둘씩 꺼지면서 어둠이 짙어졌다. 초록 불은 손에 닿을 듯 가깝다가 멀어졌다. 남편이 뒤에서 말했다.

"민아는 알고 있었던 거야."

현은 이 냄새의 경계 밖으로 나가고 싶었다. 발에 닿는 물에서도 갯내가 아닌 기름 냄새가 났고 미끈거렸다. 뭘? 현이 남편을 보지 않고 물었다. 남편은 듣지 못했는지 대답하지 않았다. 현은 고양이 섬을 향해 계속 걸었다. 보이지 않는 물속 길은 예측 불허의 결을 가지고 있었다.

"우리에게는 각자의 톰볼로가 있다는 걸."

남편이 뒤늦게 대답했다. 미끌미끌한 것이 현의 종아리를 스쳤다. 현은 가지런히 잘려져 있던 갯장어가 떠올랐고, 장어의 날카로운 이빨에 물리는 상상을 하면서 비명을 질렀다. 현은 물속 길에서 옆으로 떨어졌다. 깊었다. 현은 허우적거리면서 살려달라고 외쳤다. 기름 섞인 짠물이 현의 코로 입으로 들어왔다.

남편이 현의 손을 잡고 길로 끌어올렸다. 현이 얼굴의 물기를 걷어내고 나자 미명에 눈뜬 바다가 드러났다. 고양이섬의 불빛은 꺼지고 없었다. 뿌연 안개가 고양이섬에서 밀려왔다. 안개는 습하게 현을 감싸다가 흩어졌다. 정유공장이 밝혀놨던 불을 껐다. 끔찍한 철골구조가 시야에 잡혔다. 밤새 돌아간 공장에서 내뿜은 오폐수에 새까매진 바닷물이 섬까지 밀려가 있었다. 그 섬에서 해변 쪽으로 가느다란 길이 났다. 현이 걷던 물속 길이 얕은 물에 잠겨 있었다. 현은 그 길을 뛰었다. 발바닥에 조가비가 아닌 뭔가가 밟혔다. 현은 그것을 집어 들었다. 인형인가? 자세히 보니 동물의 사체였고, 새끼 고양이였다.

현은 죽은 새끼 고양이를 섬을 향해 던졌다. 고양이섬의 초록 불이 일시에 켜졌다가 남김없이 꺼졌다. 눈앞에 잡힐 듯이 놓여 있던 고양이섬이 멀어졌다. 길은 줄어들지 않았다. 남편은 길의 중간 지점에서 따라오지 않고 서 있었다. 현은 남편이 했던 말이 무슨 뜻인지 되짚었다. 남편이 딸과 현을 여기 데려온 이유. 현은 섬을 향해 손을 뻗었다. 현은 남편에게 가닿기 위해 안간힘을 쓰느라 딸의 마음을 들여다본 적이 없었다. 딸이 엄마보다 고양이를 선택한 이유도 몰랐고, 묻지 않았다. 현은 길 위에서 지체할 수 없었다. 딸이 죽어가면서 현을 기다리고 있을지 몰랐다. 폐부를 찌르는 공기에 숨을 헐떡이며 현은 중얼거렸다. 각자의 톰볼로라니. 저이는 무슨 헛소리를 지껄이는 걸까. 비리고 더러운 물에서 갯장어가 팔짝 뛰었다. 현의 주변이 부글부글 끓었다.

길이 일시에 선명하게 드러났다. 밤새 현의 심장을 잡아채던 불안과 초조가 사라졌다. 현도 남편도 딸의 마음을 몰랐다. 남편의 의도를 알아챈 딸은 버려지기 전에, 현과 남편을 버렸을 것이다. 현의 발밑에 남편과 딸의 마음이 산화되어 쌓였다. 현은 닿을 수 없고 만질 수 없으며, 이미 부서져 버린 그것을 밟으며 걸음을 옮겼다.

그 길의 끝에는 남편이 죽인 살쾡이가 말간 눈을 뜨고 입맛을 다시고 있었다. 살쾡이가 아니라 고양이였다. 초록빛 눈 속에, 고양이를 피하다가 전복된 남편의 차가 있었다. 안전벨트를 매지 않고 있던 딸은 차 밖으로 튕겨 나갔다. 딸은 고양이 위로 떨어졌고, 고양이 몸이 딸의 머리를 받쳐주어 충격이 줄었다. 잠시 기절했던 고양이는 아홉 개의 목숨 중에 한 개를 딸에게 준 것처럼 깨어나 다리를 질질 끌며 기었다. 고양이가 상행차선으로 넘어갔을 때, 트럭이 와서 고양이를 깔고 지나갔다.

구급차에 실려 간 현과 남편과 딸은 나란히 병상에 누워 있었다. 뇌출혈로 쓰러진 시부는 혼수상태인 채 다른 병실에 입원 중이었다. 남편의 이름이 시부의 보호자란에 쓰여 있었다. 남편은 낚시 따위를 하러 Y시를 오간 게 아니었다.

고양이섬 앞에 선 현은, 고개를 뒤로 돌렸다. 톰볼로 중간쯤 서 있는 남편이 보였다. 톰볼로가 물에 잠겨 지워졌다. 파도는 현이 지난하게 끌고 온 애증까지 덮어버렸다. 그것에 눈이 멀어 정작 삶을 놓은 순간까지 놓친 현을 비웃듯 냄새가 풍겼다. 기름 냄새라고 여겨 구역질을 했던 냄새가 현을 감쌌다. 시취였다.

현은 딸이 삶으로 건너간 시간을 가늠했다. 그리고 각자의 길이 달라 딸을 끝내 찾지 못했음을 감사했다.

영등

길이 열린다!

소년이 바다를 가리키며 외쳤다. 리아는 그 순간 자신을 향해 빛이 터지며 일시에 길이 만들어지는 환상을 봤다. 세상의 모든 길은 바다 앞에서 사라졌다. 그러나 이 섬에서는 바다가 열리면서 길이 생겼다.

길은 소리와 함께 열렸다. 모여 있던 사람들이 일제히 길 끝으로 고개를 돌렸다. 반대편 길 끝에서 해풍에 실려오는 꽹과리 소리가 들렸다. 징과 꽹과리와 장구를 둘러멘 풍물패가 그 섬에서 걸어왔다. 고깔을 쓰고 무명 한복을 입은 사람들이었다. 기수가 든 깃발이 맨 앞에서 오색으로 펄럭였다. 꽹과리와 장구 소리가 울리며 바다를 뒤흔들었다. 리아는 200여 명의 축제 인파와 바다를 둘러봤다. 휴대폰 카메라의 셔터음이 일시에 찰칵찰칵 들려왔다. 챙이 넓은 모자를 눌러쓴 인파가 너나 할 것 없이 장화 신은 발을 길에 내디뎠다. 인파는 갯벌이 드러났을 때 바글거리던 꽃게 떼처럼 움직였다. 그들은 길이 연결된 섬을 향해 걸었다. 바로 앞에 가까운 무인도가 있었다. 그러나 길은 무지개처럼 둥그렇게 휘어져, 의신면 모도와 연결되었다.

고군면 회동리에서 시작된 바닷길은 의신면 모도까지 2.8킬로미터라고 했다. 휘어진 길은 거리가 제법 멀었다. 갯벌 바닥에는 잔돌과 바위가 보였고, 물이 고여 있거나 젖어 있었다. 따개비나 굴이 붙은 돌이 길 곳곳에 있었다. 길은 회동 바닷가와 모도 바닷가에서 연결된 다음 서서히 넓어졌다. 폭죽 터지는 소리가 났다. 방송이 들렸다.

— 길이 열리는 시간은 한 시간가량입니다. 서두르지 않으면 모도까지 갔다가 돌아오지 못합니다. 혹시 모도에 갔다가 길이 닫히면 그곳에서 기다렸다가 배를 타고 오세요.

맨 앞에서 서둘러 출발한 일행이 길 중간에서 풍물패와 만났다. 인간 띠가 연결되자 바다 중간에 사람들이 서 있는 것처럼 보였다. 갈라진 길옆에는 바닷물이 있었다. 파도가 길과 반대 방향으로 밀려 나갔다. 썰물이었다. 잠시 후 파도는 몸을 뒤집어 길을 덮으러 밀려올 것이다. 그믐의 시간은 들숨날숨처럼 짧았다. 길옆의 바닷물이 깊지 않아서 사람들이 물에 들어가기도 했다. 발을 헛디딘 사람은 4월의 봄 바다에서 해수욕을 했다. 물에는 팔뚝만 한 숭어가 있었다. 물에 들어간 사람이 숭어를 잡아 팔딱이는 생물을 통에 담았다. 사람들은 길에서 주먹만 한 소라를 주워 들고 길이 열렸을 때보다 더 큰 기적을 본 듯 탄성을 질렀다. 게들은 바위 사이에서 기어다니고 있었다. 꼬마들은 조개나 전복을 주워 들고 환호했다.

"리아, 걸어가보자."

이모가 손을 내밀고 말했다. 리아는 바닷길에 발을 딛으려는 순간 서늘한 기분을 느꼈다. 아니, 이 섬에 발을 들인 순간부터 뭔가가 달랐다. 서울의 이모집에서 느꼈던 안온함과 편안함이 사라지고, 사방에서 몸을 잡아당기는 것 같았다. 길가의 나무나 바위나 바닷가의 돌멩이 하나까지 말을 거는 느낌이었다. 바다에서 나는 생선 비린내와 소금 섞인 공기 때문일 수도 있었다. 긴장한 리아의 속을 눈치챈 이모가 눈으로 웃었다. 이모는 자신의 볼을 손가락으로 가리키고 리아의 볼을 가리켰다. 이모는 보조개라는 영어단어를 생각하는 듯했으나 쉽지 않은지 다시 렛츠 고를 외치고 고갯짓을 했다. 리아는 고개를 끄덕이고 이모의 손을 잡고 인파를 따라갔다.

존이 기숙학교 전학에 대해 통보한 것은 9학년이 시작되고 4개월이 지났을 때였다. 학기가 1월부터 시작된 이 학교는 리아가 1학년 때부터 다니던 곳이었다. 추수감사절 연극을 할 때마다 존과 엄마는 리아를 보러 왔다. 리아가 7학년이 되던 해부터 존은 학교 행사에 오지 않았다. 엄마만 왔다.

1년 전 엄마가 죽고 나서 존은 주말이면 여자 친구를 만나느라 집을 비웠다. 리아는 혼자서 텔레비전을 봤다. 리아는 엄마가 보고 싶었다. 엄마의 유품은 지하실에 있었다. 리아는 그것들을 뒤지다가 가족사진을 발견했다. 한국인들이었다. 외할머니로 보이는 나이 든 여인과 젊은 엄마, 그리고 두 명의 남자아이와 여자아이가 있었다. 엄마는 사진 속에서 보조개를 만들며 웃고 있었고 행복해 보였다. 리아는 그 사진을 스마트폰으로 찍었다. 엄마의 수첩에는 전화번호가 적혀 있었다. 한국에서 유학 온 친구에게 한국어를 배운 리아는 그들의 이름과 주소를 읽어보려 했다. 쉽지 않아서 그것도 스마트폰으로 찍어두었다. 엄마의 한국 가족들에 대해서 하나씩 알아낼 때마다 리아는 보물을 찾은 기분이었다. 한국 친구가 리아에게 물었다.

"너는 입양아니?"

리아는 고개를 저었다. 혼혈도 아니잖아. 친구가 혼잣말을 했다. 뭐? 리아가 영어로 물었다. 친구는 말을 고르는 표정을 지었다. 머릿속에서 영어 문장을 만드는 것 같아서 리아는 기다렸다. 친구의 질문은 뜻밖이었다.

"아빠는 미국인이잖아. 네 엄마는 돌아가셨고. 넌 친아빠가 궁금하지 않니?"

리아는 한 번도 생각해보지 않은 질문이었다.

"한국인들은 자신의 뿌리에 대해서 중요하게 여기거든. 넌 한국인의 외모를 가지고도 코리아타운 아이들과 어울리지 않잖아. 나를 제외하고는 다 미국 친구들이지. 존이 너를 끝까지 길러줄까?"

리아는 그 친구의 질문이 어려웠다. 그 질문 이후로 리아는 더 이상 그 아이와 친구가 되고 싶지 않았다. 리아는 그 아이를 모른 척했다. 다시 미국 친구들과 어울렸고, 그 질문을 잊으려고 애썼다. 대신 지하실에 들어가 엄마의 유품을 샅샅이 뒤졌다.

존이 지하실 문을 열고 들어온 날도 그랬다. 그날 리아는 다른 사진을 찾았다. 오래전 사진 속에 있던 엄마의 여동생이 자란 모습이었다. 사진의 배경은 바다가 갈라진 길이었다. 리아는 엄마가 해줬던 이야기가 떠올랐다. 그 바다에 가면 아빠에 대해 알 수 있을 것 같았다. 사진 뒤에는 엄마의 여동생 이름이 한국어로 적혀 있었다. 존은 리아의 손에 있는 사진과 리아를 번갈아 봤다. 당혹감이 깃든 파란 눈빛이 흔들리더니 이내 답을 찾은 것처럼 멈추었다. 존은 열었던 상자를 닫듯 지하실 문을 닫고 나갔다. 리아는 들키지 말아야 할 것을 들킨 범죄자처럼 서 있다가 자신의 방으로 갔다. 리아는 페이스북을 뒤졌다. 엄마의 여동생 휴대폰 번호로 그녀를 찾아냈고, 친구 신청을 보냈다. 메시지에 편지를 썼다. 찍어두었던 사진을 같이 보냈다.

"내 애인이 결혼하면 너와 살고 싶지 않다고 했어. 기숙학교를 알아봐뒀으니 전학을 준비하자. 6월에 여름방학이 시작되면 이곳에서 지내다가 9월 학기에 기숙학교로 가렴."

며칠 후 존이 말했다. 리아는 엄마와 살던 집에 다른 사람이 들어와 엄마의 흔적을 지우는 걸 원하지 않았다. 엄마가 요리하던 주방과 식기들, 매일 청소기를 돌리고 먼지를 털던 거실, 라디에이터가 고장 날 때마다 담요를 뒤집어쓰고 앉아 있던 소파, 차를 마시다가 한숨짓던 낡은 식탁, 손수 만든 식탁보. 이 모든 것들에는 엄마의 손이 타 있었고, 그 옆에 리아의 손자국이 남아 있었다. 존의 애인이 이 집에 발을 들이는 날부터 리아에게 집은 사라지는 것이었다. 리아는 방학이 되도 돌아올 집이 없는, 고아가 될 거라는 서러움에 명치가 꽉 막혔다. 그날 밤 리아의 스마트폰으로 엄마의 여동생에게 답장이 왔다. 엄마의 여동생을 한국에서는 '이모'라고 부른다고 했다. 리아는 모아놨던 돈을 챙겨 한국행 비행기를 탔다. 이모에게 가서 돌아오지 않을 생각이었다.

리아는 커진 꽹과리 소리에 고개를 들었다. 앞서간 이모가 리아의 모습을 카메라에 담았다. 이모의 옆으로 풍물패가 다가오고 있었다. 이모가 어서 오라고 손짓했다. 풍물패가 건너왔으니 시간이 얼마 남지 않은 것이었다. 리아는 끈적끈적하게 밟히는 갯벌에 발자국을 찍으며 걸었다. 여기까지 오는 길이 쉽지 않았다. 영영 다시 오지 못한 사람도 있었다.

허리까지 긴 리아의 머리카락이 바람에 휘날렸다. 리아의 옆에서 걷는 두 사람의 대화가 들렸다. 나이 든 여인과 '길이 열린다'고 외쳤던 소년이었다. 소년은 리아보다 몇 살은 많아 보였다. 그러나 리아의 눈에는 어린 소년으로 보였다. 파도처럼 일렁이는 눈빛과 가무잡잡한 얼굴이 섬에서만 자란 소년처럼, 더 이상 자라지 않을 소년처럼 느껴졌다. 아까, 이 아이가 영어로 말하는 거 들었어요? 여인이 리아를 넘겨다보았다. 한국 애잖아. 일본이나 중국 애인가? 소년이 대답했다. 그럼 일본말이나 중국말을 했겠죠. 저기 저 앞에 누나는 한국말이랑 영어 섞어 쓰던데요. 이 아이는 영어로만 말하더라고요. 소년은 리아를 빤히 바라보더니 한참 있다가 말했다.

예쁘네요.

둘은 리아가 옆에 없는 것처럼 말했다. 리아는 두 사람의 발을 봤다. 둘 다 노란 장화를 신고 있지 않았기 때문이다. 여인은 고무신을 신고 있었는데 신에는 개흙이 묻어 있었고 종아리까지 흙이 튀어 있었다. 기이한 건 소년이었다. 슬리퍼를 신고 있었는데 개흙이 하나도 묻지 않은 깨끗한 뒤꿈치였다.

이모가 다가온 리아를 향해 큰 소라를 내밀었다. 영어가 서툰 이모는 잠시 망설이더니 휴대폰을 꺼내 검색했다. 리아는 괜찮다는 뜻으로 눈웃음을 지었다. 이모는 한국어로 말했다.

"이 소라랑 저 숭어 있잖아. 그래, 저 피시. 이거 축제 전에 일부러 뿌려놓은 거야. 숭어도 양식장에서 대량으로 들여와서 풀어놓고. 사람들 실컷 잡고 재미있으라고. 평소에 있는지 없는지 모르지만, 있다면 물이 빠졌을 때 이 동네 할머니들이 다 잡아버렸을 거야. 리아, 내가 이 말을 어떻게 영어로 하겠니?"

이모의 얇은 입술이 새처럼 조잘조잘 움직였다.

"A real big conch shell."

리아는 '진짜 큰 소라고둥'이라고 말했다. 이모가 고개를 갸우뚱했다. 리아는 소라를 흔들어 보이며 땡큐, 라고 대답했다. 그제야 이모는 안도한 듯 눈웃음을 지었다. 이모와 리아는 모도를 향해 계속 걸었다. 갯내가 나는 끈끈한 바람이 불어와 리아의 얼굴이 축축했다. 앞사람의 장화에서 개흙이 튀어 리아의 옷에 묻었다.

리아는 공항에서 이모를 만났을 때, 한국어로 듣는 건 할 수 있지만 말하는 건 안 된다고 영어로 설명했다. 이모는 그 자체를 못 알아들었다. 리아가 영어로 한마디 하면, 외삼촌들은 휴대폰을 열어 구글앱으로 검색을 하다가 자리를 피했다. 이모는 당황하지 않은 척했지만 수다스러워졌다. 리아는 영어가 이 가족을 겁먹게 한다는 결론에 이르렀다. 리아는 말보다 몸의 언어와 눈웃음으로 대화를 시도했다.

리아는 엄마가 자라온 섬을 보러왔다고 영어로 말하다가 휴대폰에 찍어둔 이모 사진을 보여줬다. 리아는 사진의 배경을 가리켰다. 이모의 눈이 붉어졌다.

"알고 싶은 거지? 친아빠에 대해서."

이모의 말이 끝나자 리아는 이모의 손을 잡았다. 이모의 눈이 반짝 빛이 난 다음 리아를 향해 찡긋했다. 외삼촌들은 반대했다. 가족들은 거실에 모여서 대토론회를 했다. 말이 한꺼번에 쏟아져서 리아는 다 알아듣기 힘들었다.

엄마도 친정 식구들과 떠들고 싶었을 것이라고 리아는 생각했다. 존은 엄마를 배려하려고 한국어로만 이야기했다. 그러나 존의 언어는 머릿속에서 영어를 번역하는 과정을 거친 말이었다. 적절할 때 쏟아지지 않았고, 한 박자 늦게 나오는 한국어를 엄마는 답답해했다. 엄마의 한국말이 빨라서 존은 종종 못 알아들었다. 또 존과는 결코 이 가족들이 하는 말처럼 깊은 말은 하지 못했다. 엄마는 부부싸움에서 이기고도 상처받은 표정으로 멍하게 앉아 있곤 했다.

이모는 2 대 1로 싸워 이겼다. 자기가 운전해 리아를 데려갈 것이며, 진도에 숙소를 못 잡을 경우 외할머니가 살던 집에서 잘 거라고 했다. 그 집은 추워서 안 된다고 큰외삼촌이 말했다. 결국 우수영에 숙소를 잡고 회동에 가서 축제를 본 다음 하룻밤 묵고 돌아오기로 했다. 가족들은 수긍하고 다음 안건을 위해 거의 피를 토하는 토론을 했다. 저녁은 뭘 먹을까, 라는 것이었다. 식성이 다른 리아를 위한 배려였다. 리아는 뭘 먹든지 상관없었지만, 시끄러운 이 가족에게 자신도 소중한 사람이라는 것이 느껴져 마음이 포근해졌다. 리아가 추울까봐, 배고플까봐, 불편할까봐, 눈치를 봐가며 열중하는 이 동양인들이 리아의 가족이었다. 무엇보다도 리아는 그 섬의 그 바다, 길이 열리는 곳에 갈 수 있다고 생각하자 보물지도의 끝에 와 있는 듯 설렜다.

"너 미아 동생 아니냐?"

이모가 얼굴을 붉히며 돌아섰다. 리아 옆에서 이야기하던 사람 중에 나이가 있는 여인이었다.

"네 엄마 죽고 섬을 떠났다는 말은 들었다. 몹쓸 사람, 왜 먼저 간 거냐? 나도 계속 사는데. 오래 사는 내가 죄인이다, 죄인. 근디, 누가 또 죽었냐? 여긴 사람이 많이 죽어야 찾아오더라."

여인의 말을 듣고 나서야 리아는 외할머니에 대한 의문이 풀렸다. 외할머니가 돌아가셨다는 것은 가족들 분위기를 봐서 짐작하고 있었다. 여인은 머리가 희고 얼굴에 기미와 잔주름이 많아서 나이를 짐작하기 어려웠다.

"아뇨. 잠깐 진도에 다니러 왔다가 축제 보고 가려고요."

이모가 리아를 눈짓으로 가리키며 대답했다. 여인은 리아 얼굴을 잠깐 바라보더니 누구냐고 묻는 눈빛을 보냈다. 이모는 대답을 망설였다.

"조카냐? 아까 보니까 영어로 말하더라."

여인이 말했다.

"미아 언니 딸이에요. 미아 언니는 일 년 전에 죽었고요. 미국에서 온 리아에요."

이모가 불안한 눈으로 리아를 보고 모도를 향해 고개를 돌렸다가 여인을 봤다. 시상에 가가 죽었디야? 새파랗게 젊은 것이. 여인은 리아의 얼굴을 봤다. 이 아이가 그럼, 우리…… 우리…… 준…….
리아는 여인의 눈을 마주 보았다. 여인의 눈길은 리아를 비껴가 옆
에 선 소년에게 머물렀다. 여인이 이어서 중얼거렸다.

"내 기도가 하늘에 닿았구나!"

여인은 그 자리에서 얼어버렸다. 회동에 도착한 풍물패는 여전
히 꽹과리를 치고 있었다. 인파가 건너가고 건너오며 여인의 어깨
를 스치고, 부산스럽게 지나갔다. 여인만 제자리에 꼿꼿하게 멈춰
있었다. 주름진 여인의 얼굴에 4월의 태양이 맹렬히 내리쬐였고, 해
풍이 열기를 거두어가며 머리카락을 날리는 동안, 여인은 서 있었
다. 리아의 앞에 열려 있던 바닷길이 서서히 물에 잠기는가 싶었는
데, 리아의 눈에 눈물이 고이는 것이었다. 리아는 눈물을 목구멍으
로 삼켰다. 엄마가 리아 앞에서 눈물을 숨기던 방법이었다.

리아의 가족이 살던 시애틀에는 바다가 있었다. 리아는 시애틀 외
곽에 살았는데, 그곳의 바다는 잔돌이 많았고 목재가 떠밀려 왔다.
수영하기에는 거친 바다였다. 엄마는 그 바다를 리아와 걸으면서
말했다. 이 바다는 진도의 바다를 닮았다. 이 바닷물이 진도에 있는
그 바다까지 연결되었다는 생각만 해도 마음이 포근해진다.

진도에는 회동리라는 곳이 있어. 그곳에 뽕할머니 전설이 전해진
단다. 옛날에 진도에는 호랑이가 많았다고 해. 회동마을에는 호랑
이가 자주 나타나서 마을 이름도 '호동리'라 불렀단다. 어느 날 호랑

이가 나타나 피해를 보게 되자 마을 사람들은 전부 앞바다의 모도로 도망을 갔대. 그런데 급하게 떠나느라 뽕할머니를 빼놓고 간 거야. 혼자 남은 뽕할머니는 용왕님께 다시 가족을 만나게 해달라고 매일 기도를 했대. 그랬더니 그해 2월 그믐께 용왕이 뽕할머니의 꿈에 나타나 '내일 바다에 무지개를 내릴 테니 그 길로 바다를 건너가라'고 했다는 거야. 다음 날 뽕할머니가 가까운 바닷가에 나가 기도를 했더니 정말로 바닷물이 갈라지면서 무지개처럼 둥그렇게 휘어진 길이 생겼어.

"그래서 가족들을 만났어?"

리아가 물었다. 엄마는 그 부분에서 늘 말을 멈추었다. 리아는 엄마가 눈물을 흘리지 않고 삼키는 것을 아주 나중에야 알았다. 엄마는 눈물을 삼키면서 그 검고 거친 바다에서 불어오는 바람을 맞고 서 있었다. 그럴 때마다 리아는 엄마의 손을 잡고 그 바다를 걸었다.

"엄마, 가족들 보고 싶지?"

엄마는 리아가 묻는 말에는 대답하지 않았다. 대신 엄마가 백번도 더 말했던 한국어를 들었다. 엄마는 꼭 이 말은 한국어로 했다.

"바다에 난 그 길을 네 아빠와 손을 잡고 걸었어. 그해에는 새벽과 밤에만 길이 열렸어. 축제가 열리지 않아서 우리 둘만 걸을 수 있었어. 저녁노을이 진 바다였어. 노을이 주황색이라 우리 둘만의 오렌지월드였어. 회동과 모도의 중간, 바다 가운데 우리 둘만 있었어. 그 길에서 아빠가 나한테 청혼했어. 우리는 스무 살이었어. 두려울 것이 없었지. 사랑했으니까."

엄마는 친아빠와의 사랑을 영어로 이야기하지 않았다. 그것이 새 아빠 존에 대한 배려였는지, 친아빠와의 사랑을 아름답게 추억하고 싶어서였는지는 알 수 없었다. 리아는 백 번쯤 들은 그 장면을 상상하며, 한국의 진도라는 섬, 회동이라는 바다에 가고 싶었다. 오렌지색 노을이 깔린 환상 속에서, 얼굴도 모르는 리아의 아빠는 언제나 스무 살 소년이었다. 세상에서 가장 아름다운 섬에 사는.

바닷길이 닫힌다는 경고 방송이 들렸다. 리아는 여인의 옆에 서 있는 소년을 바라보며 눈짓했다. 소년이 여인을 흔들었다. 굳어 있던 여인의 몸이 현실 세계로 돌아오면서 얼굴에 피가 도는 것 같았다. 여인은 잠깐 죽었던 사람처럼 보였다.

"우리 집에 가자. 밥 먹여 보내고 싶다."

여인이 리아의 손을 잡아끌었다. 리아는 이모의 얼굴을 보았는데, 이모는 리아한테 어떻게 설명해야 할지 몰라서 망설이는 듯했다. 이모가 손을 떼놓으려 하자 악력이 느껴졌다. 리아는 여인을 따라가겠다는 뜻으로 고개를 끄덕였다. 그제야 여인은 손에서 힘을 풀었다. 리아는 여인의 손에 붙들려 회동으로 돌아갔다. 바닷길은 서서히 파도에 덮여 자취를 감추고 있었다. 그 길에서 해산물을 포획한 사람들이 춤을 추듯 그것을 흔들며 몰려갔다.

바닷가 행사장에서 씻김굿이 시작되었다. 여인은 멈추어 서더니 리아를 끌고 굿판의 맨 앞에 앉았다. 이모는 리아의 뒤에 자리 잡았다. 그냥, 이벤트 중 하나야. 무서워하지 마. 뒤에 앉은 이모가 리아의 귀에 대고 말했다. 방금까지 보이던 소년의 모습이 보이지 않자, 리아는 사방을 둘러봤다. 뭘 찾는 거야? 이모가 물었다. 리아는 어깨를 추켜올리며 입술로 물었다. Didn't you see the boy who was just here? 이모가 다시 물었다. 여기 있던 소년? 도대체 누구? 그 순간 굿판의 연주가 시작되었다. 리아는 정면을 바라봤다.

흰옷을 입은 남자들이 왼편에 앉아 가야금을 뜯고, 대금을 불고, 징을 치고, 장구를 두들겼다. 중앙에 제사상이 차려져 있고 흰옷을 입은 신녀가 '망자를 위한 굿'이 시작되었다고 말했다. 신녀의 앞에 소복을 입고 다소곳이 앉아 있는 다른 신녀가 둘 있었다. 신녀는 손에 든 타래로 앉아 있는 신녀들의 머리를 쓸어내렸다.

오너라— 불쌍하신 우리 님아—

신녀가 곡을 했다. 신녀는 울듯이 창을 흥얼거리며 손에 든 작은 천을 조물거렸다. 잠시 후 신녀가 관람객 중에 위안을 얻으려는 사람을 고르러 왔다. 여인이 리아의 손을 잡고 신녀를 따라갔다. 리아는 여인과 나란히 앉았다. 신녀들이 타래를 흔들며 리아의 주위를 맴돌고 머리를 쓸어내렸다. 붉은 그릇의 물을 리아 주변에 뿌리고 리아의 몸에 묻혔다. 다른 신녀는 솥뚜껑 모양의 신물에 주술을 거는 듯했다. 여인은 손을 맞잡고 빌었다. 신녀들이 흰 천으로 리아의 몸을 감싸며 곡을 했다.

리아는 귀신을 부르는 주술에 초대된 것을 깨닫고 몸서리쳤다. 리아의 몸을 쓸던 흰 타래가 파르르 떨렸다. 신녀가 리아의 등을 타래로 세차게 두드렸다. 신녀들이 흰 천을 휘저으며 춤을 추었다. 잠시 후 신녀들이 흰 천을 길게 펼쳤다. 작은 상여 모양이 그 흰 길을 천천히 지나갔다. 리아는 그 순간 여인의 기도가 엄마를 죽게 한 것은 아닌가 의심이 들었다.

"애야, 이제 어매 아배 둘이서 저 길을 간단다."

리아는 여인의 말을 듣고 온몸에 소름이 돋았다. 리아는 시끄럽고 혼란스러운 와중에 생각했다. 엄마의 기도가 가족들을 보고 싶어 했던 것이라면, 이 여인의 기도는 무엇이었을까. 왜 이제야 하늘에 닿았다고 할까. 징소리가 고막이 터지도록 크게 울렸다.

"Nope!"

리아는 비명을 지르며 자리를 박차고 일어섰다. 씻김굿의 분위기가 어수선해졌다. 여인이 쫓아와 리아의 손을 붙잡았다. 여인은 두 손으로 리아의 손을 감싸 자신의 가슴에 댔다. 여인의 심장이 리아의 손 안에서 작은 동물처럼 움직였다.

"제발, 오늘 우리 집에서 밥 먹고 자고 가라. 저기가 우리 집이다."

산 밑에 자리 잡은 이 동네의 집 중 가장 위에 있는 청색 기와집이었다. 리아는 고개를 세차게 흔들었다. 리아는 이모의 차가 서 있는 주차장으로 향했다. 여인은 리아를 쫓아 달리다가 넘어졌다. 리아의 뒤를 따라오던 이모가 돌아서서 여인에게 갔다. 이모는 여인을 일으켜 세워주고 몸에 묻은 흙을 털어주었다.

"제발, 아가!"

여인이 주저앉은 채 손짓했다. 리아는 여인의 말을 무시하고 주차장으로 뛰었다. 이모가 자동차로 다가와 차키를 누르자마자 리아는 앞좌석에 들어가 앉았다. 리아는 귀신에게 목덜미가 잡힌 것처럼 소름이 돋아 몸을 떨었다.

"렛츠 고, 이모."

리아는 여인이 쫓아올까봐 불안한 마음에 뒤를 돌아봤다. 이모는 침착하게 차를 출발시키면서 리아의 눈치를 살폈다. 자동차가 주차장을 빠져나가 해안도로 쪽으로 향했다. 자동차가 뽕할머니 동상이 세워진 바닷길 입구를 스칠 때였다. 여인이 뽕할머니 동상 옆에 오도카니 앉아 바다를 보고 있었다. 여인은 이모의 차에 탄 리아를 향해 가느다란 목을 돌렸다. 여인의 자글자글한 얼굴이 젖어 있었다. 어둠이 순식간에 내려와 여인의 모습을 덮었다. 리아는 여인의 모습을 외면하려고 눈을 질끈 감았다. 이모가 핸들을 돌리면서 입을 열었다.

"나는 어쩐지 네가 내 말을 다 알아듣는다는 느낌이 들어. 저분이…… 네 할머니야. 저분이 왜 저러는지 알아야 할 것 같아. 제발, 내 이야기 좀 들어줘."

엄마의 집은 이 동네의 옆 동네였다. 엄마와 아빠는 고등학교를 같이 다녔다. 같은 반이라 정이 들었고, 고등학교 2학년 때 사귀게 되었다. 아빠는 오토바이를 타고 진도의 길을 달리는 걸 즐겼다. 엄마는 뒷자리에서 아빠의 허리를 붙잡고, 진도읍 북산을 올라가보고, 진도대교를 건너 우수영까지 가보았다. 이 섬의 아이들은 고등학교를 졸업하면 섬을 떠나 도시로 가는 게 소원이었다. 도시는 언제나 설렜고 섬은 지루했다. 도시는 사람과 흥밋거리로 넘치는데, 이 섬은 1년에 딱 한 번 '신비의 바닷길 축제' 때만 사람들이 찾아왔다.

아빠는 도시에서 살다가, 사고로 아버지를 잃고 고등학교 1학년 때 섬으로 왔다. 섬은 어머니의 고향이었지만 아빠는 영원히 섬에서 살아야겠다고 마음먹었다. 아빠는 이 섬의 모든 길과 바다와 바람과 돌멩이까지 사랑했다. 때가 되면 드러나는 갯벌과 그곳에서 팔딱이는 생물들. 바다에 나가 낚싯대를 드리우고 고기를 잡을 때의 쾌감. 그믐에 물이 빠져 의신면 모도까지 걸어갈 수 있는 바닷길. 해가 지는 세방길을 달리고, 전두 둑길을 달렸다. 화가가 태어났다는 운림산방의 숲길을 달리고, 고려의 왕이 죽어 묻힌 왕 무덤 재를 돌아, 그들이 쌓아놓은 용장산성과 몽골군이 쳐들어왔다는 벽파까지 가보았다. 아빠가 이 섬에서 가장 좋아했던 것은 엄마였다. 바다를 보며 엄마와 살고 싶은 게 스무 살 아빠의 꿈이었고 미래였다. 둘은 고등학교를 졸업하고도 섬에 남고 싶은 거의 유일한 아이들이었다. 오토바이를 타고 섬을 휘젓고 다닌 것은 치기가 아니었다. 이 섬을 사랑해서였다.

"둘은 그날도 오토바이를 타고 달렸어. 영등제가, 그러니까 신비의 바닷길 축제가 없던 해였어. 언니 말에 의하면 그날 저 바닷길에서 청혼을 받았대. 둘은 날아갈 것처럼 기분이 좋아서 달렸어. 그리고 사고가 난 거야."

그날 아빠는 엄마의 손에 반지를 끼워 주고 헬멧을 씌워 주었다. 아빠는 달렸다. 덤프트럭이 앞에 나타났다. 속도가 줄지 않았다. 오토바이가 덤프트럭 밑으로 들어갔다. 아빠는 외상이 없었다. 뇌진탕으로 즉사했다. 엄마는 다리가 쓸리고 무릎에 멍이 들었다. 그러나 죽지 않았다. 엄마는 한동안 집 밖으로 나갈 수 없었다.

아들을 잃은 여인은 바닥을 구르며 울었다. 내 새끼 잡아먹은 년. 네가 내 새끼 꼬드겨서 오만 사방에 오토바이 타고 다닐 때부터 알아봤어. 내가 그렇게 말렸는데. 네가 부르면 밤이나 낮이나 뛰쳐나갔어. 밥 먹다가도 나갔어. 그날 밥도 제대로 못 먹였는데……. 여인은 하루하루 찾아와 엄마를 잡아 뜯었다. 외할머니와 가족들은 말리지 못하고 외면했다. 여인은 미쳐갔다. 마을에서는 외할머니와 가족들을 따돌렸다. 외할머니는 남편 대신 의지하고 살던 사람들에게 버림받았다. 고작 스무 살의 엄마는 삶을 놓고 싶었다. 엄마의 배속에는 리아가 있었다. 엄마는 리아와 이 섬에서 살 자신이 없었다.

엄마가 죽으려고 바닷가에 선 날, 선교사로 섬에 와 있던 존이 엄마를 말렸다. 존은 소문을 들어 엄마의 사정을 알고 있었다. 존은 미국에 가서 다른 길을 찾아보길 제안했다.

"다시는 돌아오지 마. 사람들은 곧 잊겠지. 그래도 네가 돌아오면 다시 기억해낼 거야. 네 동생들 지금 학교에 가도 괴롭힘을 당해. 너 때문에. 준호네 집은 완전히 망가졌어. 준호 엄마가 아직도 밥 차려 놓고 준호 기다린대. 준호 친구들이 찾아가면 준호가 곧 올 거라고 한대. 네가 보이지 않으면 우리는 곧 잊을 거야. 미국은 멀겠지. 그러니 가서 다른 길을 찾을 수 있으면 찾아. 너한테 없던 길이 생겼다고 생각하고, 가면 건너오지 마."

외할머니가 고단하게 말했다.

"다시는 돌아오지 않을 거예요."

엄마가 말했다. 외할머니는 아들을 잃고 반은 미쳐버린 여인이 있으니, 자신도 딸을 보지 못하는 대가를 치러야 한다고 여겼다. 외할머니는 자신의 남은 생이 딸을 그리워하다가 끝날 줄은 몰랐다.

리아는 핸들에 놓인 이모의 손을 잡았다. 리아는 돌아가자고 고갯짓을 했다. 이모의 차는 진도대교를 달리는 중이었다. 이모는 다리를 다 건넌 후 차를 유턴했다. 회동으로 향하는 차안에서 리아는 이모가 해줬던 이야기의 여백을 생각했다. 아빠가 엄마를 태우고 달리던 해안도로에서, 낙조가 고운 바닷가에서, 오토바이는 잠깐씩 멈췄을 것이다. 스무 살의 아빠와 엄마는 이 섬의 구석에서 서로를 끌어안고 사랑을 나눴을 것이다. 이모가 잠깐씩 숨을 멈췄던 이야기 속 어느 틈에서 리아는 생겨났을 것이다. 리아는 차창을 내리고 그날의 엄마, 아빠가 내쉰 숨을 잡듯 손을 뻗었다. 리아는 뿌리치고 온 여인이 떠올랐다. 리아는 갑자기 사라졌던 소년이 나타나 여인을 챙겼을 거라고 생각했다.

이모의 차가 어둠을 뚫고 회동에 들어섰다. 여인이 아직도 그 자리에 우두커니 앉아 있었다. 소란스러운 음악과 취객들의 고함이 축제의 마지막 밤을 조각내고 있었다. 그러나 여인의 주위는 적막했다. 이모의 차가 서행했다.

"아따, 저 할매 또 저그 앉았네. 바닷길만 열리면 혼자 중얼거리면서 건너갔다 온디야. 그 있냐. 배 뒤집어졌을 때 말여. 팽목항에서 부모들이 자식들 기다릴 때도, 거그 가서 저라고 있었디야."

"그랑께. 그 큰 배 건져서 목포로 가져간 뒤로나 안갔담서?"

"그 사람들 폭폭한 맴을 알아서 그랬겠제."

"오메, 그람 여적 죽은 아들 기다리는가?"

자동차 옆을 지나던 사람들이 말했다. 그들은 축제의 열기로 흥청거리는 포장마차로 들어갔다. 리아는 여인과 함께 있던 소년에 대해서 다시 의문이 들었다. 여인의 앞에 자동차가 서자 여인은 굳은 다리를 끌고 리아에게 다가왔다.

"이모! Where's the boy who was with grandmother?"

리아가 이모에게 물었다.

"리아, 도대체 누굴 찾는 거야? 할머니는 계속 혼자였어."

이모가 대답하고 다가온 여인을 향해 고개를 숙였다. 여인은 이모의 손을 잡고 다독이며 고맙다고, 리아를 데리고 와줘서 감사하다고 말했다.

리아는 새벽에 눈을 떴다. 담요를 뒤집어쓰며 이모가 몸을 뒤척였다. 리아는 방마다 문을 열어봤다. 이모가 잠든 방을 제외하고 두 개의 방을 확인했지만 소년은 없었다. 리아는 마당으로 나갔다. 이 마을을 품고 있는 산은 엄마가 이야기해준 호랑이가 나오던 산이었다. 마당에 나가보니 새벽노을이 짙게 깔린 바다와 모도로 연결된 바닷길이 보였다. 마을은 바다와 산에서 품어낸 수증기에 잠겨 있었다. 리아는 마을길을 내려갔다. 바닷길로 가는 길에 간밤에 씻김굿을 했던 자리를 지났다. 리아는 주머니에서 엄마의 반지를 꺼냈다. 엄마가 죽기 전 리아의 손에 쥐여준 것이었다. 아빠가 청혼할 때 준 실금 반지였다.
리아는 바닷길의 입구에 섰다. 멀리서 보면 열린 것처럼 보이던 바닷길은 옅은 물에 잠겨 있었다. 그것조차 서서히 걷히면서 길이 열렸다.

"그래서 뽕할머니는 가족들을 만나고 어떻게 됐어?"
시애틀의 검은 바다에서 리아가 물었다. 엄마는 옷깃을 여몄다. 엄마가 시애틀에 와서 끝내 적응이 힘들었던 것은, 비와 긴 겨울이었다. 레이니어 마운틴의 봉우리는 1년 내내 설산이었다.

"내 기도로 바닷길이 열려 너희들을 보았으니 이제 소원이 없다. 유언을 남긴 채 기진하여 숨을 거두고 말았어."

"그렇게 만나고 싶던 가족을 만났는데, 죽었어?"

리아가 묻자 엄마는 슬픈 눈으로 고개를 끄덕였다.

물이 들기 시작했다. 바닷길이 사라지고 있었다. 리아는 들고 있던 반지를 있는 힘껏 던졌다. 흰 천으로 만든 길을 따라 엄마의 반지가 저승으로 건너갔다. 씻김굿 판의 장구 소리 북소리, 꽹과리 소리가 환청으로 들렸다. 신녀의 처량한 곡소리도.

가시오. 고운 우리 님—

사라지고 있는 바닷길 가운데 손을 맞잡은 엄마와 아빠가 보였다. 그들은 뒤를 돌아보았다. 리아는 처음으로 아빠를 보았다. 길이 열린다고 소리치던 소년. 여인의 옆에서 같이 이야기하던 소년. 리아에게 예쁘다고 말했던 그 소년이었다. 리아는 소년을 향해 손을 뻗었다. 그러나 소년은 더 멀어졌다. 엄마의 모습도 스무 살로 돌아가 있었다.

엄마와 아빠는 다시 손을 붙잡고 걸어갔다. 파도가 밀려와 그들을 덮었다. 리아는 소년에게 물었어야 했다. 너는 누구냐고. 내가 누군지 아느냐고. 리아는 바닥에 주저앉아 엄마와 아빠가 돌아올 수 없는 길을 가버리는 모습을 끝까지 지켜보았다.

리아는 이제 혼자였다. 휴대폰이 울렸다. 존이었다. 엄마를 미국으로 데려간 존은 엄마가 자신을 받아줄 때까지 기다렸다. 엄마는 영주권을 얻어야 했기에 서류상 혼인을 해두었다. 존과 엄마는 같이 사는 동안 자주 다투었다. 엄마는 존의 개인주의적 성향이 차갑고 냉정하다고 외로워했다. 그러나 리아가 보기에 존은 엄마의 마음을 얻어본 적이 없었다.

리아가 전화를 받자 존은 길게 한숨을 내쉬었다. 존은 리아가 한국에 갔다는 사실을 알고 있었다. 존은 담담하게 한국 가족들의 안부를 물었다. 리아는 이모와 외삼촌들이 잘 대해준다고 했다. 아빠를 만났다는 말을 하려다가 입을 다물었다.

"리아, 너도 알고 있잖아. 미아는 나를 사랑했던 적이 한 번도 없었어. 그래도 너는 내 딸이야. 전학 가지 않아도 좋아. 내 애인을 설득했어. 네가 대학 가기 전까지 기다릴게. 제발, 돌아오렴."

리아는 존에게 곧 돌아가겠다고 말하고 전화를 끊었다.

"리아, 아침 먹자. 할머니가 밥 차려놓았어."

이모가 리아의 곁으로 걸어오며 말했다.

밥상에는 멸치볶음과 고등어구이, 참기름에 볶은 전복, 봄동겉절이, 냉이된장무침, 톳무침과 구운 김이 놓여 있었다. 국은 엄마가 생일마다 사다 먹던 미역국이었다.

"제발, 밥 한 끼만 먹고 가라."

여인이 리아의 팔을 쓰다듬었다. 리아는 여인이 손수 지은 밥과 국을 떠먹었다. 여인의 마음이 따뜻한 미역국에 담겨 목구멍으로 넘어왔다. 리아는 미역국에 밥을 말아 술술 떠먹었다. 비릿한 미역 맛이 혀를 감싸고 뜨끈한 국물이 배꼽까지 따뜻하게 했다. 여인은 젓가락질이 서툰 리아를 대신해 반찬을 집어 주었다. 전복을 리아의 숟가락에 올리고, 톳무침을 올려 주었다. 이 두 가지 반찬은 아빠가 좋아하던 것이라고 했다. 리아는 밥 한 그릇을 다 먹고 물을 마셨다. 아들이 죽은 후에도 하루하루 살아야 했던 여인의 마음을 리아는 알고 있었다. 일 년 전 엄마가 죽고 나서 리아의 날들도 그랬다.

이모가 차에 시동을 걸었다. 여인이 리아의 손을 잡았다.

"Her son left with Mia this morning."

리아가 말했다. 이모가 옆에서 물었다. 리아, 할머니의 아들이 오늘 새벽에 미아랑 떠났다니 무슨 말이야? 꿈을 꾼 거야? 이모가 여인과 리아를 번갈아 보았다. 여인은 고개를 끄덕이면서 말했다.

"나도 안다. 아가, 이제 그 아이를 보내줘야지. 내가 너무 오래 붙들고 있었어. 이제 그 아이는 여기 있단다."

여인이 자신의 가슴을 가리켰다. 리아는 여인의 손을 두 손으로 감싸 잡았다. 그 손을 자신의 가슴에 댔다. 리아는 여인이 고개를 끄덕이고 눈물을 삼키는 모습을 지켜봐주었다.

"아가, 가거라. 너는 넓은 세상의 모든 길을 다 밟아보고 자유롭게 돌아다니렴. 나 대신, 일찍 간 너희 엄마, 아빠 대신."

리아는 돌아오고 싶어 하던 엄마가 오지 못한 이유를 이해했다. 엄마는 돌아올 집이 없었던 것이다. 외할머니가 죽고 나자 돌아올 자리를 잃었던 것이다. 리아도 그때의 엄마와 다르지 않았다. 할머니는 리아의 손을 잡고 말했다.

"아가, 힘들어 주저앉고 싶을 때 이 집으로 돌아오너라. 내가 기다릴 테니."

리아는 고개를 끄덕였다. 돌아올 곳이 있다면 없는 길도 만들면서 앞으로 나가면 되는 일이었다. 리아는 마지막으로 바닷길을 바라보았다.

리아가 열고 갈 바닷길은 2.8킬로미터가 아니라 2만 8천이거나 그보다 더 먼 길일 것이다. 리아는 엄마의 짧은 삶보다 더 오래 살 것이며, 더 멀리 갈 것이다. 그 시작은 이제, 리아가 생겨난 이 바닷길에서부터였다.

톰볼로의 그녀들

정은경(문학평론가)

　샬럿 퍼킨스 길먼의 「누런 벽지」는 평범한 가정주부가 미쳐가는 과정을 고딕풍으로 그린 소설이다. 산후우울증에 시달리는 여주인공에게 의사인 남편은 육아와 가사에 전념하고 지적 활동을 금지하는 등의 전통적인 성역할을 처방한다. 의사 남편의 살뜰한, 그러나 폭력적인 이러한 진단에 의해 방에 감금되다시피하여 강요된 낮잠과 휴식을 취하던 여주인공은 누런 벽지에 집착하게 되고, 벽지에서 기어 나오는 여자들의 형상을 보는 환각 증세에 빠지게 된다. 결국 주인공은 벽지에 갇힌 여자들을 해방시키기 위해 벽지를 갈기갈기 찢어버리는, 히스테리의 극단으로 치닫는다.

　박지음의 첫 소설집 『네바 강가에서 우리는』은 '누런 벽지'에서 튀어나온 여성들이 도끼를 쥐고 눈을 번득이고 있다. 세 아이를 낳고 옛사랑을 만나 하룻밤 일탈을 감행하는 가정주부의 환멸과 공포를 그린 등단작 「리플레이」나 미국에 거주하는 언니가 사실은 엄마였음을 드러내는 「레드락」, 또는 유년시절 성추행 사건을 학부모가 되어서야 폭로하는 「거미의 눈」, 소통하지 못하는 남편과의 결별을 사고사로 끝장내는 「톰볼로」 같은 작품에는 한결같이 제도적 일상에서 억압된 '무엇'이 벽지를 찢고 튀어나와 외설적인 '날 것'으로 재현된다. 억압된 것이 회귀하여 현시되는 이 섬뜩한(uncanny) 장면을 작가의 비유를 따라 '톰볼로의 그녀들'이라고 하자.

「톰볼로」에서 중요한 소설적 장치로 등장하는 톰볼로(tombolo)는 육지로부터 돌출 성장하여 가까운 섬에 연결된 사주, 즉 육계사주를 의미한다. 물길이 열리면 드러나는, 섬으로 이어진 길이라고 볼 수 있는 톰볼로는 해류의 운반과 침식에 의해 퇴적되어 형성된 것이다. "우리에게는 각자의 톰볼로가 있다"(191쪽)는 작중 문장은 인물들에게 '섬'으로 비유되는 '어떤 것'과 연결된 길과 방식이 있다는 것을 의미한다. 그것은 일상적 삶의 무수한 시간에 의해 퇴적된 길이라는 의미에서 무의식의 현현이자, 잉여들의 반란이라 할 수 있다. 그러나 그 누락된 것이 굳어진 땅이 가닿는 '섬'은 반드시 꿈과 이상, 본질이나 유토피아적인 것은 아니다. 대체로 삶의 충동으로 제시되는 에로스적인 그 '섬'은 타나토스(죽음충동)와 얽혀 이질적인 형상을 하고 있다는 점에서 '아브젝시옹(abjection)'이기 쉽다. 즉 제도화된 일상이 추방해버린 정체성, 질서를 어지럽히는 교란에 가깝다는 의미에서 실재계의 위협일 수 있다.

「리플레이」의 주인공이자 화자는 어린 세 명의 자녀를 둔 엄마이자, 웰빙과 규율을 중시하는 의사 남편을 둔 가정주부이다. 그녀는 7년 전 가난한 시나리오 작가 대신 '아파트와 평온한 가정'을 상징하는 의사를 만나 결혼한다. 남편을 위해 현미밥과 채식 위주의 밥상을 차리고 부지런히 아이를 낳아 기르고 하는 사이, 밀려난 은밀한 욕망은 그녀 주위에 '톰볼로'를 형성하고 그녀는 7년 만에 과거 연인인 '조'를 만난다. '조'를 만나기 전까지 그녀의 일상은 신도시의 고층빌딩처럼 매끈한 것으로 그려지지만, 그녀는 페이스북이나 클라우드 등을 통해 '조'를 은밀히 추적하면서, '가보지 않은 길'과 현실을 끊임없이 저울질해왔다. 그리고 그 7년의 부침과 침식이 만든 길, 톰볼로를 따라 마침내 시나리오 작가로 성공했다는 '조'를 만난다. '조'는 과거 순수했던 사랑의 대상이자 연인이지만, 궁극적으로는 여주인공이 꿈꾸었으나 버린, 즉 글을 쓰면서 내면에 충실한 삶을 사는 또 다른 자아이기도 하다. 후회하고 합리화하고, 그리워하고 밀어내기를 반복해온 7년의 퇴적 끝에 만난, '조'는 그러나 역시, 그녀가 희망했던 '그 섬'이 아니다.

침대 위에 누운 조를 봤다. 조는 고깃덩어리였다. 실오라기 하나 걸치지 않은 몸에 음모만 새까맸다. 음모 속에 손가락처럼 가느다란 성기가 쪼그라들어 있었다. 조의 몸은 처음 봤을 때보다 20킬로

그럼 정도 더 부풀어 있었다. 덩치만 커졌지 조의 그것은 예나 지금이나 소년의 것처럼 가늘었다. 내 속에서 은밀하게 들끓던 욕망이 조의 벗은 몸을 보자마자 식어버렸다.(66쪽)

무인모텔의 지저분한 침대에서 확인한 '조'는 살찐 몸에 파묻힌 그것처럼, 초라하고 불쾌한 육체덩어리일 뿐이다. 게다가 그는 "나 돈도 많이 모았어. 시나리오 작가로 등단한 것도 작품으로 영화를 만든다기보다 연봉을 더 주니까 한 거야. (…) 직장에서 내가 직급이 높잖아. 술 마시면 끼리끼리 다 자. 여직원들도 완전 내 밥이지."(78쪽)라고 거들먹거리는 속물로 변해 있었다. 주식 투자와 재테크 자랑을 늘어놓는 '조'를 보며 그녀는 "내가 정신을 안온함에 팔았다면 조의 정신은 아주 부서지고 깨진 것"(같은 쪽)임을 깨닫는다. 그녀는 '조'와의 비루한 정사를 끝내고 서둘러 옷을 입고 모텔을 나온다. 그러나 '조'와 헤어져 다시 안온한 일상의 품에 안기자마자 형사로부터 전화를 받는다. '조'가 이틀 전 모텔에서 시체로 발견되었으며, 마지막 목격자이자 혐의자인 그녀는 경찰에 출두해야 한다는 것. 두려움과 공포에 떨던 그녀는 갓난아기를 안고 경찰에 가서 옹색하게 자신을 방어한다. 경찰의 심문 과정에서 그녀의 진술은 살인이 아닌 불륜과 일탈에 대한 변명으로 이어지지만, 경찰이 내민 각종 CCTV 사진들은 그녀의 부재증명을 부정한다. 결국 그녀는 살인혐의에서는 벗어나지만, 그 사진들과 함께 부도덕한 상간녀로 톰볼로에 세워진다. 그것도 양말에 붙은 둘째 아이의 펭귄 스티커와 함께.

요약하면 「리플레이」는 물이 빠지고 난 톰볼로를 따라 자신의 욕망을 좇아 나선 여성의 민낯, 그리고 다시 물이 차고 난 뒤에 수면 아래서도 작동했던 CCTV를 공포스럽게 그리고 있다. 이러한 표면적 서사로 본다면 이 소설은 우리 일상에 편재한 감시자-판옵티콘의 폭력성을 고발하고 있는 작품이다. 그러나 심층적으로 보자면, 작가는 김윤아라는 한 부르주아 여성이 '상징적으로' 살해한 '조', 즉 그녀의 섬이자 꿈, 욕망의 현장을 심문하고 있다고 볼 수 있다. 그런 점에서 이 소설은 안온한 가정과 아파트로 돌아간 '김윤아'를 톰볼로라는 심판대에 세워 유죄임을 선고하는 이야기라 할 수 있고, 귀갓길에 다시 마주친 CCTV들은 실재를 지워버리는 여주인공을 감시하는 역설의 눈일 수 있다.

「네바 강가에서 우리는」에 등장하는 여성들은 「리플레이」만큼 외설적이지는 않지만, 각자의 섬으로 향하는 '톰볼로'를 품은 이들이다. 화자인 '나'는 두 명의 아이를 키우는 주부이자 지방지로 등단한 무명작가이다. 20대 이후 글쓰기와 육아를 병행하는 그녀는 좀처럼 얻을 수 없는 문학적 성취로 인해 괴로워한다. 이 작품에서도 그녀가 품은 '섬'은 '작가'로 형상화되는데, 화자는 이 견디는 문학을 하기 위해 1년에 한번 가족과 떨어져 멀리 여행을 한다. 그렇게 떠난 러시아 상트페테르부르크에서 화자는 그녀처럼 '톰볼로' 위에 선 여성들을 만난다.

그녀들은 공간디자인을 하는 h1, 대기업에서 반도체를 다루는 h2, 중소 리서치 회사의 팀장으로 일하는 s로 이루어진 직장 싱글들로 러시아 문학교수가 동반하는 여행에서 의기투합하여 서로를 알아가게 된다. 이들이 풀어놓는 이야기는 다르지만 궁극적으로는 한국 여성이 당면한 현실문제로 모아진다. 화자와 함께 한 방을 쓰게 된 h1은 경기장과 갤러리, 테마파크를 설계하는 프로페셔널 워킹우먼으로 해외여행 또한 힐링이 아니라 일의 연장으로 여긴다. 그런 h1은 처음에 화자에게 묘한 적대감을 표출하는데, 그 이유가 자신이 싫어하는 직장동료와 닮았기 때문이었음을 털어놓는다. 그 직장동료는 출산을 하고 입사한 경력단절 여성이었는데, 온갖 방법을 통해 h1을 자리에서 밀어내고 h1의 자리를 차지했다는 것이다. 이러한 h1의 사연과 더불어 직장인 싱글들은 "나라에서는 결혼한 여자들을 위한 정책만 만들어. (…) 아기 돌봐야 한다고 일찍 퇴근하거나 휴가를 내면, 나머지 일은 다 혼자 사는 여자들이 하게 돼."(26쪽)와 같은 불만을 토로한다. 또한 퇴직 뒤의 미래를 두려워하며 자식도 남편도 없이 싱글이라는 이유로 부모 돌봄까지 도맡아야 하는 신세를 한탄하기도 한다. 이들 직장 여성들에게 '나'는 "퇴직 후의 시간에 대해서는 가정이 있는 남자나 여자도 고민하게 돼. 그 시간은 나에게도 두려운 거야. 나는 오 년 후가 아니라 지금이 더 힘들어."(27쪽)라며 보편성으로 이끌지만, 각자 안고 있는 고민은 각자 품고 있는 '섬'처럼 좀처럼 좁혀지지 않는다.

그럼에도 불구하고 그녀들은 본질적으로는 가정주부이든, 혹은 직장 여성이든 이들은 동일하게 한국, 혹은 세계 여성들이 겪고 있는 문제들 속에 있음을 공감하게 된다. 결혼을 포기하고 일에 몰두해도 유리천장에 부딪힐 수밖에 없고, 최종적으로 남자가 승리하는 현실 앞에서 이들 모두는 약자일 뿐이다. '글쓰기' '건물 디자인' '반도체' '리서치' 등 그녀들은 각자 다른 '섬'을 품고 살아가고, 또 그 섬을 향한 각자의 톰볼로 위에 있으나 결국 꿈과 열정의 크기와 동일한 '현실적 문제'를 안고 있다는 점에서 '마트료시카 인형'이라 할 수 있다. "큰 인형에서 나와 점점 작아지고 있지만, 같은 모양"(29쪽)을 한 '82년생 김지영들' 말이다

상트페테르부르크의 문학기행 가이드는 도스토옙스키의 소설 『죄와 벌』의 배경이 되었던 곳으로 안내하면서 여행객들에게 "우리는 이 다리를 건너서 노파의 집으로 갑니다. 도끼는 잘 숨기셨나요?"(9쪽)라는 유머를 건넨다. 이 유머는 이들 마트료시카들에게 각자의 '적'을 떠올리게 한다. 기본적으로 이들에게 '가부장제'라는 한국의 현실이 그 공공의 적이겠으나, 그 속에는 또 각기 다른 모양의 적이 도사리고 있다. 글을 쓰는 화자의 경우에 그 뚜렷한 '적'은 창작지원금 심사에서 자신을 불합리하게 배제시키고 있는 '김 선생'이다. 자신의 진로를 막고 있는 아카데미의 '김 선생'으로 인해 화자는 "도스토옙스키 씨, 이 거지 같은 문학을 계속해야 할까요?"(12쪽)라거나 "나는 과연 제대로 된 평가를 받을 수 있을까."(15

쪽)라고 한탄한다. 자신의 '섬'에 이르기 위해서는 화자는 글을 열심히 쓰는 것 이외에 '문학장'에서 파생된 차별, 모욕, 갈등, 열패감 등의 부산물을 톰볼로 삼아 딛고 가야 하는 것이다. 러시아 여행은 화자를 포함한 그녀들에게 각자가 걷고 있는 길을 뒤돌아보게 하고, 그들이 맞닥뜨린 장애와 벽들에 대해 생각하게 한다. '마음속의 도끼'를 뽑아야 한다면, 그것은 무엇을 향할 것인가. 화자는 여행을 끝내고 돌아온 일상에서 마침내 그 도끼를 꺼내 든다. 그녀의 문학적 생을 막고 있는 김 선생을 향해. 공모 심사위원에 아카데미 운영자의 배제를 요구한 것이다. 그것은 "네바 강가에서 크기가 다른 인형들처럼 나란히 서 있던"(34쪽) 그녀들과의 공감과 연대를 통해 얻어낸 힘이자 용기라고 할 수 있다.

『네바 강가에서 우리는』에 실린 작품들은 이국적인 제목과 달리 낭만적이거나 따뜻하지 않다. 가장 긍정적이고 낙관적인 작품인 표제작을 제외한다면, 차라리 현실적이거나 비극적인 색채가 강하다. 가령 「햄버거가 되기 위해서」는 실업계 고등학교를 졸업한 스무 살 여성의 서울분투기를 그린 소설이다. 대학 진학을 꿈꾸는 여주인공은 보증금 50만 원짜리 아파트 방 한 칸에 살면서 변호사 사무실의 비서로 일한다. 월급 60만 원을 받아 20만 원의 월세, 20만 원의 학원비, 10만 원의 교통비를 제하고 남는 10만 원으로 끼니를 해결해야 하는 그녀는 늘 굶주림에 시달리고, 그런 그녀를 짝사랑하는 동료 민준은 늘 자신의 도시락과 햄버거 세트를 헌납한다. 그리고 그녀가 그 알량한 일자리마저 잃게 되자 민준은 대학에 보내주겠다며 자기 집에 와서 살기를 권유한다. 그렇게 하여 찾아간 '민준의 집'에서는 열다섯 평짜리 빌라의 어둠과 어린 두 동생, 엄마가 초라한 만둣국과 함께 그녀를 맞이한다. 대학은커녕 잘못하다가는 이들 가족을 부양하게 될지도 모른다는 불안감에 휩싸인 그녀는 도망치듯 그 집을 나온다. 민준 몰래 그녀에게 따로 얘기를 건네는 민준 어머니는, 재벌 부모가 돈을 주며 아가씨를 쫓아내는 드라마의 풍경 대신, 폭력배였던 민준의 과거를 폭로하며 그녀에게 도망가기를 종용한다.

> 도망갈 수 있을 때 도망가, 라고 경고하듯이 민준의 엄마가 나를 봤다. 아들과 헤어지라는 말은 부잣집 사모님이 돈봉투를 얼굴에 던지며 하는 건 줄 알았는데. 그럼 나는 감사합니다, 잘 쓸게요, 하고 돌아갔을 텐데. 이건…… 낭만도 없이 비루했다. (107쪽)

'낭만도 없이 비루한' 노량진의 한복판에 던져진 이들 청춘을 하늘과 땅이라는 빵 사이에 끼워진 패티(patty) 같은 존재로 묘사하는 이 작품은 IMF 세대의 궁핍과 청춘의 비애를 곡진하게 담아내고 있다. 이와 흡사한 맥락에서 「거미의 눈」은 한국의 교육 현실을 적나라하게 파헤치며 비판하고 있는 작품이다. 공부만 잘하면, 학생의 일탈과 부도덕 따위는 '묻지마식'으로 은폐하는 한국 현실은 이 소설에서 세대를 이어 반복된다. 이 작품은 특이하게도 이 성적만능

주의에 젖은 한국교육의 병리를, 성추행의 문제와 함께 다룬다는 것이다. 초등학생 3학년 아들과 짝꿍 라희 사이에 이루어진 은밀한 성적 교류는, 이들 부모의 과거를 소환해내며 가해자의 민낯을 폭로한다.

위의 두 작품은 여전히 진행형으로 벌어지는 한국 사회의 문제를 물살이 빠져나간 뒤에 솟아난 '육계사주'처럼 묘파하고 있다. 이 작품에 등장하는 인물들이 붙들고 있는 '섬'이 낭만적 대학생이거나 로맨스이든 혹은 일등 자녀이든 그 주변과 밑자리는 저렇듯 비루하고 불합리하고 도착적이라는 것, 작가 박지음의 현실주의 문제는 또 이렇게 다른 '톰볼로'를 돌출시켜 보여주고 있는 것이다. 이 소설집의 또 한편에는 「레드락」 「영등」과 같이 과거의 진실을 드러내는 작품들도 있다. 「레드락」은 결혼이민을 떠난 '언니'가 사실은 엄마였음을 은밀한 서사를 통해 밝히는데, 이 암시의 파장이 그리는 동심원은 넓고 그런 만큼 긴 여운을 남긴다. 「영등」은 미국 교포 리아가 엄마의 고향 진도에서 친아빠와 엄마의 비극적 사랑을 알아가는 과정을 그린 작품으로, 미국과 진도를 오가는 서사 속에서 드러나는 실체가 '바닷길'처럼 인물과 독자들을 이끌고 있다.

박지음의 첫 소설집은 이렇듯 다채롭고 풍부하다. 그것은 잠재력일 수도 있고, 혹은 불확정과 실험의 도정이라고도 볼 수 있다. 어떤 것이든 분명한 것은 박지음이 품은 '작가의 길'이 '톰볼로'처럼 확고하다는 것, 그리고 그 안팎을 이루는 부산물과 잉여들—아브젝시

옹을 작가가 보석처럼 품고 가꿀 줄 안다는 것이다. 작가의 쉼 없는
행보를 기대한다.

첫 소설집 앞에서 가장 기억에 남는 것은, 처음 문학 수업을 들었던 대학 강의실입니다.

진도에서 서울로 올라온 나는 신세계의 문 앞에 서 있었습니다. 강의실 창으로 들어온 빛이 나를 스치고 책상에 머물던 순간. 눈부신 그 빛 아래에서 들었던 문학 수업의 감동. 그 벅찬 설렘을 잊지 못합니다. 나를 진도라는 섬에서 도시로 끌고 온 문학이라는 세계. 내 삶의 구원이 될 나의 문학.

언제나 나한테 힘을 주었던 것은, 먼저 작가가 된 사람들의 글이었습니다. 그리고 나를 가르쳐주던 선생님들의 아름다운 눈빛을 잊지 못합니다. 처음 강의실에서 발견했던 그 빛은 그렇게 다른 빛으로 옮겨갔습니다. 그 모든 것들에 감사하고 감사합니다.

내가 좌절하고 소파에 누워버릴 때마다 나를 묵묵히 지켜봐주는 내 옆의 사람에게도 마음을 다해 감사를 전합니다. 언제나 나를 일으켜주는 것은 그의 몫이었으니. 좋은 글을 쓰라는 그의 충고와 지지가 없었다면 나는 계속할 수 없었을 겁니다. 엄마가 최고의 작가인 줄 알고 있는, 내 아이들과 나의 어머니—내가 세상에 내놓고 나를 세상에 내놓은 고귀한 그들에게 감사를 전합니다. 7월에 책이 나오는 것은, 7월에 세상을 뜬 내 아버지의 윙크가 다른 세계에서 내게 전해졌기 때문이리라.

내 주변의 소중한 벗들. 예민한 나와 좋은 인연을 이어가는 독서클럽의 그녀들과 대학원에서 만난 친구들, 교수님들, 문학 카페 봄봄의 동인 틱 문우들. 그들에게 기대 내 자리를 잃지 않고 계속할 수 있었습니다. 미약한 내 존재에 입김을 불어 넣어준 나의 소설, 나의 글.

섬에서 나를 데리고 온 글이 내 삶을 어디까지 끌고 갈지, 어디로 옮겨놓을지. 그 생각을 하면 설레고 기대감에 차서 견딜 수 없습니다.

나는 소설로 내 삶을 의미 있게 만들 것입니다. 목소리를 내지 못하는 이들의 말을 대신하고, 상처받은 사람들에게 힘이 될 글을 쓰겠습니다. 내 간절함이 당신들께 당도하기를 바랍니다.

인내심으로 원고를 기다려준 아시아 출판사 김지연 편집자님과 해설을 써주신 정은경 평론가님, 순간의 인연으로 추천사를 맡아주신 하성란 작가님과 이소연 시인에게도 감사를 전합니다.

2020년 7월, 박지음.

수록작품 발표지면

「네바 강가에서 우리는」 …… 미발표작
「레드락」 …… 《한국소설》 2020년 7월호
「리플레이」 …… 2014년 《영남일보》 신인문학상 수상작
「햄버거가 되기 위하여」 …… 《문장웹진》 글틴 2015년 3월
「나란히 걸어요」 …… 2015년 월간 《세아이》 연재소설
「거미의 눈」 …… 《문학에스프리》 2019년 겨울호
「톰볼로」 …… 《실천문학》 2019년 여름호
「영등」 …… 『나, 거기 살아』 수록작

네바 강가에서 우리는

ⓒ박지음

2020년 6월 30일 초판 1쇄 펴냄

지은이 박지음 | **펴낸이** 김재범
편집 김지연 강민영 | **관리** 박수연 홍희표
디자인 나루기획 | **인쇄·제본** 굿에그커뮤니케이션 | **종이** 한솔PNS
펴낸곳 (주)아시아 | **출판등록** 2006년 1월 27일 | **등록번호** 제406-2006-000004호
전화 02-821-5055 | **팩스** 02-821-5057 | **이메일** bookasia@hanmail.net
주소 경기도 파주시 회동길 445(서울 사무소: 서울시 동작구 서달로 161-1 3층)
홈페이지 www.bookasia.org | **페이스북** www.facebook.com/asiapublishers

ISBN 979-11-5662-490-5 03810

이 도서의 국립중앙도서관 출판예정도서목록(CIP)은 서지정보유통지원시스템 홈페이지(http://seoji.nl.go.kr)와
국가자료공동목록시스템(http://www.nl.go.kr/kolisnet)에서 이용하실 수 있습니다.(CIP제어번호 : CIP2020025385)